ro
ro
ro

ro
ro
ro

RALF GÜNTHER

Das Weihnachtsmarktwunder

Illustriert von
Andrea Offermann

Rowohlt Taschenbuch Verlag

Veröffentlicht im Rowohlt Taschenbuch Verlag,
Hamburg, Oktober 2024

Redaktion Johanna Schwering

Covergestaltung Cordula Schmidt Design, Hamburg
Coverillustration: Andrea Offermann, 2015
Satz aus der Trinité PostScript
bei Dörlemann Satz, Lemförde
Druck und Bindung CPI books GmbH, Leck
ISBN 978-3-499-26948-6

*Für Alex, die den Stein
ins Rollen brachte.*

Seit dem Beginn der Adventszeit schlüpfte Martin mit einem Messer und einem Holzstecken ins Bett. Der Stecken war ein Kerbholz. Das war seine Art, die Tage bis zum Fest zu zählen. Doch an diesem Abend tastete er vergeblich nach dem Holz.

Martin suchte unter den Decken und in den Ritzen des Rahmens, suchte zwischen den Sägespänen, mit denen der Bettkasten gefüllt war, und auch unter dem Bett. Er überlegte, wo er den Stecken verloren haben könnte. Auf seinem Gang durchs Dorf, als er die Butter vom Bauern geholt hatte? Oder in der Werkstatt? Durchs Dorf konnte er jetzt, bei Nachtwind und Wintersturm, ohnehin nicht mehr laufen. Also blieb nur die Werkstatt zum Nachschauen.

Mit knöchellangem Nachthemd bekleidet, hüpfte Martin die Holzstufen hinunter. Die Dielen knarrten bei jedem Schritt. Aus der Stube hörte er die Stimmen seiner Eltern. Die Tür stand einen Spaltbreit offen, und Martin rührte sie nicht an. Die Eltern wären nur unnötig besorgt, wenn er ihnen sagte, dass er noch einmal hinausging. Und warum sollte er, schließlich war er «fast schon groß», wie es seine kleine Schwester Line auszudrücken pflegte. Er schlüpfte in die Holzpantinen des Vaters, die, noch viel zu groß für Martins Füße, an der Türschwelle standen. Dann löste er den hölzernen Riegel und schob die Tür auf. Mit ganzer Kraft musste er sich dagegenstemmen, denn der Wind tobte über die schneebedeckten Erzgebirgshänge, bog die Wipfel der Fichten so weit hinab, dass sie sich vor Martin zu verbeugen schienen, und hämmerte, als begehrte er Einlass, mit geballter Faust gegen die windschiefen Häuser des Dorfes. Das Hemd flatterte um Martins Körper, die Schneeböen umwirbelten ihn, und er lief, so schnell es in den Holzschuhen und über den Eisboden nur ging, hinüber zur Werkstatthütte.

Plötzliche Stille empfing ihn, als er die Tür aufschob. Nur die Schindeln auf dem Dach klapperten, wenn eine Windböe hineinfuhr. Obwohl hier die Arbeit eines Jahres lagerte, war die Tür nicht verschlossen. Die Dorfbewohner vertrauten einander. Hier oben, im kargen Gebirge, wo es nicht viel mehr zum Leben gab als die Hand in den Mund, rückten die Menschen eng zusammen.

An der langen Seite stand – furchterregend und doch harmlos wie ein ausgestopfter Wachhund – die Drechselbank. Den ganzen Sommer über hatte ihr Lied hier geklungen, das rhythmische Stampfen und Bollern des Schwungrads, begleitet vom leisen Sirren des Spans, wenn der Vater ihn mit sachtem Fingerdruck aus dem Holz grub. Für Martin grenzte es immer noch an Zauberei, wie sich ein daumenbreites Stück Holz, gespalten von einem kreisrunden, glatten Reifen, in den der Vater nur ein paar umlaufende Rillen geschnitten hatte, plötzlich in ein Pferd verwandelte. Oder in eine Kuh, eine Ziege, ein Schaf. Oder – und das war hier im Dorf die größte Sensation – in einen Elefanten!

Wenn der Vater das Stück vom Drechselreifen gespalten hatte, musste das Tier zwar noch beschnitten und bemalt werden, aber seine Konturen waren bereits gut erkennbar. Seit ein paar Jahren schon durfte Martin beim Schnitzen helfen, Line und die Mutter hingegen waren geschickte Malerinnen. Diesen Sommer hatten sie sogar damit begonnen, die Holztiere mit kleinen Stoffstücken und echtem Fell zu verzieren. Das war Lines Idee gewesen. So klein sie auch war, Ideen hatte sie, das musste man ihr lassen. Die Tiere sahen nun noch lebensechter aus. Auf einige Pferde hatten sie mit Leim kleine Sättel und Zaumzeug geklebt. Aus Lederabfällen vom Dorfschuster. Martin liebte ihre Spielzeugfiguren. Am liebsten hätte er sie allesamt behalten …

Er spürte, wie ihm allmählich kälter wurde. Der Schutz vor dem Wind hatte die Bretterhütte im ersten Moment warm und heimelig erscheinen lassen, tatsächlich war es hier so kalt wie draußen. Der Atem zeichnete Wölkchen in die Luft. Seit dem späten Herbst hatte der Vater die Arbeit in die Stube des Wohnhauses verlegt. Zwei Gebäude zu heizen, dafür langte das Holz nicht. Martin ließ den Blick über die Spankisten gleiten. Drei Dutzend, gestapelt bis unter die Decke. Nachdem die Farbe getrocknet war, hatte der Vater das Spielzeug in Kisten gepackt und Martin die Hohlräume mit Spänen ausgestopft. Der Geruch war ihm seit frühesten Kindertagen vertraut. Es war nicht der trockene, harzige der Fichten, den man aus dem Wald kennt, sondern ein süßlicher. Das Fichtenholz musste gewässert werden, damit man es zu kreisrunden Reifen biegen und in die Drechselbank einspannen konnte. So lagen die Stämme im Mühlteich, wochenlang, monatelang. Das machte den Geruch süß wie Honig und auch ein wenig faulig. Die Kräuselspäne, die wie Schnee von der Drechselbank rieselten, waren Martin schon als Kind das Liebste gewesen. Und das singende Schleifgeräusch, wenn der Vater sie mit dem Beitel vom Holz schnitt. Man konnte sie ins Bett legen, um weicher zu liegen, man konnte sich mit Leim einen Schnurrbart daraus ankleben, man konnte versuchen, sie gerade zu ziehen. Doch ebenso gut konnte man versuchen, den Mond mit einem Stein zu treffen. Die gekräuselten Drechselspäne waren – einmal trocken – einfach nicht mehr zu entkräuseln. An Winterabenden konnte man die Öfen damit zum Glühen bringen, denn im trockenen Zustand

brannten sie wie Zunder. Und mit den breiten Streifen, die vom Hobeln übrig blieben, bauten sie Kisten und Kästen. Diese Spankisten waren so leicht, dass man sie an einem Finger tragen konnte.

Bündeln, Binden, Stapeln – das war die Arbeit dieses Tages gewesen, damit der Handelsagent sie am nächsten ohne große Mühe mitnehmen konnte. Doch nicht nur die Kisten würde er in diesem Jahr auf sein Fuhrwerk laden. Der Vater hatte seinem Sohn im letzten Jahr ein Versprechen gegeben, und das war der Grund, warum Martin sein Kerbholz jetzt so arg vermisste. Er kniff die Augen zusammen, um im Dunkeln besser sehen zu können, und suchte den Boden ab.

Da lag es! Beim Kistenstapeln musste es ihm am Nachmittag aus der Tasche gerutscht sein. Martin hob es auf und fuhr mit dem Finger über die Kerben. Bei achtzehn hörte er auf zu zählen. Ein wenig Platz war noch auf dem Holz. Er nahm das Messer heraus und schnitt die neunzehnte Kerbe. Neunzehn dieser düsteren Tage hatte der Dezember schon aufgezehrt. Bald war es so weit, und das heilige Fest würde die Dunkelheit aus den Häusern jagen. Doch vorher wartete noch ein großes Abenteuer auf ihn!

Am nächsten Morgen trat Vater Moscherosch mit besorgtem Blick vor die Tür. Seit dem November lag Schnee. Nicht viel, die Wege waren schon wieder freigetrampelt. Aber der richtige Winter stand ja noch bevor – wenn man an der Hangseite über den Misthaufen aus dem Haus kraxeln musste, weil der Wind den Schnee eine Nacht lang vor die Tür geblasen und aufgehäuft hatte.

Gedankenverloren stand er da und starrte auf das Geäst des Apfelbaums. Vor wenigen Monaten noch war der Baum gespickt gewesen mit herrlich rotwangigen Früchten. Nun stand er da wie tot. Wenn der Wind in die Äste fuhr, zitterten sie nur, so starr waren sie. Kein Vergleich zum Sommer, wo das Rauschen der Blätter niemals abebbte.

Der Vater wandte sich ab vom Baumgerippe und schlug sich mit den Armen die Kälte vom Leib. Dann hielt er die Nase in die Luft. Sah die Straße hinauf und hinunter. Grummelte etwas in seinen Vollbart, der an einigen Stellen schon ergraut war, dann kam er zurück in die Hütte.

Gesenkten Kopfes trat er in die Stube und schloss die Tür. Den fragenden Blick der Mutter erwiderte er mit einem traurigen Kopfschütteln. Die Stimmung gefror.

Martin wusste, was die Eltern bedrückte. Vater hielt nach dem Handelsagenten Ausschau. Der hatte dafür zu sorgen, dass die kunterbunten Tiere, die sie übers Jahr hergestellt hatten, nach Dresden gelangten. In die Stadt, wo Holzspielzeug, das sich hier in jeder Hütte bis unter die Decke stapelte, etwas Seltenes und Wertvolles war – fast so wertvoll wie Diamanten. So jedenfalls stellte Martin sich das vor.

Dem Agenten fiel in diesem Handel eine ganz entscheidende Rolle zu. Er allein kannte den Weg durchs Gebirge – über Schneeberg und Dippoldiswalde, so hatte Martin gehört –, er allein kannte auch den Ort, wo die Stadtmenschen sich versammelten, um sich um das knappe Spielzeug zu zanken: den sagenhaften Dresdner Striezelmarkt!

Ohne den Agenten – das hatte selbst Line verstanden – ohne den Agenten waren sie nichts. Wer sonst sollte ihnen hier das Spielzeug abkaufen, wo jeder kistenweise davon herumstehen hatte? Und bevor Menschen aus der Stadt sich hierher verirrten, würde der Dorfbach anfangen bergauf zu fließen …

Als der Vater in der frühen Abenddämmerung erneut vor die Hütte trat, um seine Blicke die Straße hinauf und hinunter wandern zu lassen, zog sich Martin die Fellweste über und gesellte sich zu ihm. Eine Weile schwiegen sie in stiller Eintracht. Dann holte Martin tief Luft. «Vater», sagte er bangend.

«Mmh», grummelte der Vater.

«Weißt du noch, was du mir versprochen hast? Im letzten Jahr?»

«Mmmmh.»

«Soll ich mein Bündel schon holen?»

Der Vater sah ihn lange an. «Du willst also unbedingt in die Stadt?»

Martin nickte tapfer.

Vater Moscherosch wandte sich um und sah mit leerem Blick die Straße hinauf, bis ans obere Ende des Dorfes. «Wenn er denn kommt», murmelte er.

Martin glaubte, seinen Ohren nicht zu trauen. «Warum sollte er nicht kommen?»

Der Vater schwieg, und für Martin war diese Möglichkeit so unerhört, dass er etwas sagen musste, gegen die Leere in seinem Kopf. «Er muss doch kommen! Was sollen wir denn sonst mit den Tieren machen?» Empört standen seine Atemwölkchen für einen kurzen Moment in der Winterluft, bevor sie sich verflüchtigten.

Traurig lächelnd strich Vater Moscherosch über Martins Kopf. Dann schlug er zweimal die Arme über der Fellweste zusammen, als wolle er sie ausklopfen, drehte sich um und wandte sich zur Hütte.

Als er über die Schwelle trat, erwartete ihn die Mutter erneut mit fragendem Blick. Und der Vater schüttelte wieder nur den Kopf.

Martin trat hinter ihm ins Haus: «Aber er muss doch kommen. Er kommt jedes Jahr! Immer!»

Nachdem er an diesem Abend mit Sorgfalt eine neue Kerbe ins Holz geschnitten und vorsichtshalber noch einmal nachgezählt hatte, hörte Martin die Stimmen seiner Eltern in der Stube anschwellen. Ohne sich die Pantinen überzuziehen – sie machten zu viel Lärm –, schlüpfte Martin aus dem Bett und schlich sich zum Treppenabsatz. Auf die Holzstiege wagte er sich nicht, denn die Seiten waren offen, die Eltern würden seine Füße entdecken.

«Du bist schuld, du hast den Streit vom Zaun gebrochen letztes Jahr.»

«Ach was, Streit! Er hat uns erpresst, hat den Preis gedrückt, dass es uns den Hals zuschnürte, das war es. Was sollte ich denn tun? Die Unverschämtheit ertragen wie ein Lamm?»

«Wenn er nicht kommt, schnürt es uns den Hals erst recht zu. Dann können wir die Arbeit eines Jahres in den Ofen schmeißen, damit wir vor dem Verhungern nicht erfrieren.»

Martin presste seine Hände auf die Ohren und rannte zurück in die winzige Dachkammer, die er mit seiner Schwester bewohnte. Deren Atem ging ruhig, sie hatte nichts mitbekommen. Martin aber hatte verstanden, warum der Vater mehrmals am Tag so sorgenvoll die Straße hinauf und hinunter sah. Er hatte verstanden, warum er nicht wusste, ob er sein Versprechen vom Vorjahr einlösen konnte. Und vor allem hatte Martin verstanden, dass das, worauf er sich seit einem Jahr freute, womöglich doch nicht eintrat.

Am nächsten Morgen, als Vater und Mutter schon beim Frühstück saßen, schritt Martin erhobenen Hauptes die Treppe hinunter. Seine nackten Füße tapsten aufs Holz. «Zieh dir Pantinen an», mahnte die Mutter, «sonst holst du dir den Tod!»

Martin ging gar nicht darauf ein. «Ich weiß, was wir tun können, um nicht zu verhungern.» Seine Miene war tapfer und voller Stolz.

«Du hast gelauscht!», bemerkte Vater Moscherosch.

«Ich habe euch zufällig gehört», antwortete Martin, «und ich weiß, was wir tun können.» Der Vater schoss auf ihn zu, um Martin das Ohr lang zu ziehen, wie er es immer tat, wenn er für seinen Geschmack zu frech wurde. Diesmal aber hielt ihn die Mutter zurück.

Woraufhin Vater Moscherosch die Arme verschränkte und seinen Sohn höhnisch aufforderte: «Dann lass mal hören!»

Martin atmete tief durch. «Nun, wir fahren selbst nach Dresden!»

Vater und Mutter starrten ihn an. Dann brachen sie, beinahe im selben Moment, in lautes Lachen aus.

«Du hast Träume!», sagte die Mutter.

Der Vater schüttelte den Kopf und wischte sich eine Träne von der Wange, bevor sie in den Bart kullern konnte. Martin wusste nicht, ob es eine Freuden- oder eine Trauerträne war.

«Was ist so lustig an der Idee?» Er verstand es wirklich nicht.

Der Vater kam ganz nahe und packte seinen Sohn an den Armen. Er drückte fest zu, aber Martin war zu stolz, sich den Schmerz anmerken zu lassen. «Zum Ersten: Wir haben kein Fuhrwerk! Wie sollen wir das Spielzeug transportieren? Auf den Händen?»

Der Agent, daran erinnerte sich Martin, fuhr immer mit einem Wagen vor. An dessen Deichsel waren zwei prächtige Braune mit schwarzer Mähne gespannt.

«Aber wir haben doch den Schlitten mit Zuggeschirr zum Holzsammeln. Wenn wir gut stapeln, werden wir die Kisten schon von der Stelle schaffen. Immerhin sind wir zu zweit!»

Grummelnd fand der Vater einen neuen Einwand: «Kennst du denn den Weg nach Dresden? Ich bin ihn einmal gegangen, aber das ist Jahre her!»

«Wir werden nicht die Einzigen sein, die dahin wollen.»

Martin sah, dass die Mutter die Augenbrauen zusammenzog. Das bedeutete, sie dachte ernsthaft über seinen Vorschlag nach.

«Zum Dritten», wandte der Vater ein, «was, wenn wir dort sind?»

«Wir tun das, was der Agent sonst tut.»

«Er bringt das Spielzeug auf den Markt. Mehr weiß ich nicht», murmelte der Vater in seinen Bart. «Und du weißt es auch nicht!», beschied er Martin bitter.

Zum ersten Mal in seinem Leben sah Martin den Vater vollkommen ratlos. Das verschlug ihm die Sprache.

Da beugte sich die Mutter vor und fasste den Vater sachte beim Arm. «So schwierig kann das doch nicht sein! Man wird sich erkundigen können», sagte sie leise. «Und wenn ihr erst dort seid, werdet ihr das Spielzeug schon losschlagen. Holzspielzeug und Weihnachtsschmuck sind Mangelware in der Stadt.»

«Wirklich?», fragte Martin.

«Ja», sagte die Mutter, «es gibt so viele Menschen dort, dass wir hier dreimal so viel Spielzeug schnitzen könnten – und es würde immer noch nicht reichen!»

Martin schüttelte den Kopf. So oft hatte er es sich ausgemalt, aber es war dennoch unfassbar! Dann schreckte er zusammen. Der Vater hatte in die Hände geklatscht. Das Geräusch fuhr Martin durch Mark und Bein.

Der große, graubärtige Mann stand auf, zog die Fellweste enger und ging mit schweren Schritten nach draußen. Ein kalter Luftzug fuhr in die Stube. Dann klappte die Tür wieder zu. Martin und die Mutter sahen sich an. Die Mutter erhob sich, um Holz nachzulegen. Martin zögerte einen Moment, dann stand er ebenfalls auf und ging nach draußen. Der Vater stand schon wieder vorn am Wegesrand, an der Einmündung zur Dorfstraße, wo der Schnee zu Eis getrampelt war. Der Handelsagent war nirgends zu sehen. Der Vater schob den Hut in den Nacken und rieb sich den Kopf. «Wir Landleute gehören nicht dorthin», sagte er, als Martin sich zu ihm gesellte.

Martin schwieg. Davon wollte er sich gern selbst überzeugen.

Wie beiläufig legte der Vater seine Hand auf Martins Schulter. Dann beugte er sich zu ihm hinunter, nahm den Jungen am Kinn und sah ihm tief in die Augen. «Du und deine Ideen!», sagte er lachend und schüttelte den Kopf.

Eine Weile verstanden sie sich schweigend.

«Du willst also unbedingt in die Stadt?», fragte der Vater schließlich erneut.

Martin schwieg. Der Vater knuffte ihm in die Wange. «Na dann!», brummte er.

«Heißt das, wir fahren?»

Der Vater nickte. «Alles ist besser, als hier aufs Verhungern zu warten.»

Martin riss die Arme hoch. «Es geht nach Dresden!»

«Hilf mir, die Kisten auf den Schlitten zu packen, ja? Wenn wir morgen früh aufbrechen wollen, ist noch viel zu tun.»

Die Kisten mussten verstaut und verzurrt werden. Also trugen sie sie aus der Werkstatt nach draußen. Als der Vater sie auf dem Schlitten festzubinden begann, schickte er Martin hinüber ins Haus: «Schau, wie weit deine Mutter mit dem Essen ist.»

Nichts, was Martin lieber getan hätte. Seine Füße waren tiefgefroren, denn der Boden des Schuppens bestand aus gestampftem Lehm. Hielt man sich im Winter hier auf, dauerte es nicht lang und die Kälte stieg von unten her in den Körper. Das Einzige, was dagegen half, war arbeiten. Doch Martin konnte noch nicht arbeiten wie der Vater, kontinuierlich und ausdauernd, tagelang. Immer wieder verlor er das Interesse und musste spielen. Spielzeug gab es ja genug.

Auf dem Weg ins Haus zog es ihm den Magen zusammen. Das lernten die Kinder früh hier oben im Gebirge: Arbeit macht hungrig.

Martin stieß die Tür auf. «Zur Abfahrt bereit!», rief er voller Übermut. Line sprang ihm entgegen, prallte gegen seinen Bauch und umarmte ihn, obwohl ihre Nasenspitze nur bis zur Höhe des Nabels reichte. Dann zog Martin ein langes Gesicht, denn es roch überhaupt nicht nach Essen.

Eine schiere Ewigkeit verging, bis die Hütte nach einer fleischlosen Suppe duftete. Fleisch hatte er seit Wochen nicht auf seinem Teller gefunden. Zwei magere Ziegen zitterten im Stall, gleich neben der Wohnstube, die Hühner hatten sie bereits im Herbst geschlachtet. Vom Erlös des Spielzeuges hing ab, wie viele Küken sie sich im Frühjahr leisten konnten.

Doch das Suppengemüse roch herrlich, und die Mutter hatte in einem Winkel der gähnend leeren Vorratskammer getrocknete Pilze gefunden. Martin war schon mit dem Holzlöffel bewaffnet, als die Mutter

ihn aufforderte: «Wo bleibt dein Vater? Bist du so lieb und holst ihn zu Tisch?»

Martin hatte keine große Lust, noch einmal in die Kälte zu gehen, wo es doch um ihn herum und alsbald auch in seinem Magen endlich wieder Wärme gab. Doch nun, da er nach Dresden fahren sollte wie die Großen, musste er wohl auch die Pflichten eines Dresdenfahrers übernehmen …

«Ist gut», sagte er, trennte sich schweren Herzens vom Löffel, sprang von der Bank und lief – ohne sich die Fellweste überzuziehen – hinaus auf den Hof. Eisiger Wind schlug ihm entgegen und trieb ihm dichte Schneeflocken ins Gesicht. Der Weg über den Hof wurde lang. Schon war die Wärme des Kachelofens nur noch eine ferne Erinnerung, und Martin bereute es, die Weste im

Haus gelassen zu haben. Je näher er dem Schuppen kam, desto mehr beschlich ihn ein ungutes Gefühl. Durch das Fenster gähnte Dunkelheit. Entzündete der Vater nicht für gewöhnlich ein Licht? Wie konnte er sonst sehen, was er tat? Doch die Werkstatthütte war düster wie ein Dachsbau.

Als Martin die Tür aufschob, umfingen ihn völlige Dunkelheit und vollkommene Stille. Es roch nach Öl, das Licht hatte also gebrannt. Nun war es erloschen.

«Vater?», rief er mit dünner Stimme in den Schuppen hinein. Er traute sich nicht über die Schwelle. Was, wenn einer der Dämonen, von denen der Dorfpfarrer immer so lebhaft erzählte, den Vater überfallen und geraubt hatte? «Ausgeburten der Hölle», so nannte der Geistliche diese Kreaturen, die Martin sich nie so recht vorstellen konnte. Aber was, wenn der Dämon noch da war und ihm auflauerte? Ihn hinunterschlang in seinen grauenvollen Schlund? Martin erblasste.

«Vater?», rief er noch einmal und war mit einem Bein schon auf der Flucht, als er ein Stöhnen vernahm. Er schauderte.

«Martin, bist du's?»

War das der Vater? Die Stimme klang ganz anders als gewöhnlich!

Martin gab sich einen Ruck und huschte hinein, den Blick starr nach vorn gerichtet. In einer Ecke der Hütte, auf dem Boden ausgestreckt, fand er den Vater. Mit Martins Hilfe richtete er sich auf und hielt sich den Kopf. Ein dünnes Rinnsal lief ihm in die Stirn und das Gesicht hinunter und verschwand im Fell der Weste. Dort hatte sich bereits ein dunkler, klebriger Fleck gebildet: Blut. Der Vater hustete röchelnd.

«Mutter! Mutter!», rief Martin mit überschlagender Stimme. Und als niemand kam, rannte er zur Schwelle und brüllte es noch einmal in das Schneegestöber. Endlich öffnete sich jenseits des Hofes die Tür, ein Lichtstrahl fiel auf den Schnee und machte sich so lang, dass er Martins Fußspitzen berührte. Da wusste Martin, dass alles gut werden würde.

Mit Mutters und Lines Hilfe brachten sie den Verwundeten ins Haus. Unterdessen erzählte Martin, was dem Vater zugestoßen sein musste: Ein Balken war umgekippt, als er nach dem Zuggeschirr für den Handschlitten gesucht hatte. Ein Balken, der nutzlos in einer Ecke lehnte. Er hatte ihn am Kopf getroffen und nicht nur blutig geschlagen, sondern auch bewusstlos gemacht. Und er war erst wieder erwacht, als Martin nach ihm rief. Der Kopf schmerze höllisch, erklärte der Vater, und immer wieder musste er husten.

Die Mutter runzelte die Stirn. «Hast du Blut geschluckt?», fragte sie besorgt.

«Wie denn?», antwortete der Vater. «Ich blute an der Stirn!»

«Aber du hustest fürchterlich!»

Statt Antwort zu geben, hustete der Vater erneut.

«Du hast dir die Lunge verkühlt auf dem eisigen Boden!» Aus dem Blick der Mutter sprach das blanke Entsetzen.

Der Vater nickte. «Wer weiß, wie lange ich dort gelegen habe.»

«Es liegt kein Segen auf deinem Plan», sagte die Mutter in Martins Richtung.

«Ach was», wischte der Vater den Einwand beiseite, «ein dummer Zufall, nichts weiter. Der blöde Balken hätte auch eine Handbreit weiter einschlagen können.» Wieder hustete er. Sobald er einen längeren

Satz sprach, wurde ihm der Atem knapp und die letzten Worte gingen in ein Bellen über.

«Dein Kopf macht mir keine Sorgen, der ist schon immer ein Dickschädel gewesen. Aber der Husten! Mit einer Lungenentzündung ist nicht zu spaßen.»

«Ach was», sagte der Vater bestimmt, «mach mir nur eine heiße Milch und Wadenwickel. Dann leg ich mich ins Bett, und morgen ist alles vergessen.»

«Dein Wort», sagte die Mutter nachdenklich, «in Gottes Ohr.» Ihre Stimme wurde leiser, beinahe ein Flüstern. «Nicht viel und du hättest es ihm selbst sagen können.»

Da senkte der Vater den Kopf. Martin hatte ihm, bei Lichte betrachtet, das Leben gerettet. Und als ihm das klar wurde, machte es ihn unendlich stolz.

Der Vater kam auf der Ofenbank zu liegen. Bis zum Hals in Decken gehüllt, den Rücken an den warmen Kacheln, vor der Brust eine geschlossene Blechpfanne, gefüllt mit glühenden Kohlen. Dennoch schlugen seine Zähne aufeinander, er schlotterte am ganzen Leib. So endete der Tag Hals über Kopf, und die Kinder wurden nach einem hastigen Teller Suppe ins Bett geschickt. Martin war's recht, umso schneller kam der nächste, und das sollte ein großer werden, an dem er zum ersten Mal Dresdens Dächer und Türme erblicken würde! Er zog den Stecken hervor und schnitt sorgfältig eine weitere Kerbe hinein. Zwanzig – die letzte vor dem großen Tag! Oft schon hatte er sich diesen Moment ausgemalt, da er von den Bergen herunter und durch den Dippser

Schlag in die Stadt einzog. Unzählige Male hatte er es sich erzählen lassen: Wie sich die Stadt in der Ebene ausbreitete, sobald man die letzte Anhöhe erklommen hatte. Schon aus der Ferne würde er die Kuppel der Frauenkirche erblicken: ein kugelrundes, wie eine Glocke aufschießendes Dach, so etwas gab es im ganzen Erzgebirge nicht. Und ein Schloss gab es auch nicht. Jedenfalls nicht so ein bedeutendes wie in Dresden, in dem ein König residierte! Und wenn man Glück hatte, konnte man den König in seiner Kutsche betrachten, wie er sich auf den Straßen herumkutschieren ließ und seinem Volk huldvoll zuwinkte.

So ging es in Martins Kopf umher, und er musste sich zwingen einzuschlafen, damit der erträumte Tag endlich herankam. Doch je mehr er sich zwingen wollte, desto bockiger stellte sich der Schlaf. Und da war noch etwas, das ihn wachen ließ: die besorgte Stimme der Mutter von unten und das bellende Husten des Vaters. Und als er es nicht mehr aushielt, schlüpfte Martin aus dem Bett, zog sich die Pantinen über und ging zur Stiege, um zu lauschen.

«Du kannst nicht reisen, niemals! Deine Stirn glüht, und der Husten klingt wie das Gebell des Höllenhundes!»

«Ich muss», ächzte der Vater. Seine Stimme war vom vielen Husten schon rau wie ein Reibeisen. «Oder willst du uns mit Wassersuppe durch den Winter bringen?»

Martin lauschte in das Schweigen hinein. Vor seinem geistigen Auge sah er die Tränen der Mutter fließen.

«Wenn du gehst, holst du dir den sicheren Tod!»

«Wenn ich bleibe, ist es unser aller Tod», antwortete der Vater mit fester Stimme. Und dann, etwas leiser: «Der Winter ist noch lang.»

Alsdann hörte Martin nur noch das Schluchzen der Mutter und das Husten des Vaters, und schweren Herzens schlurfte er zurück ins Bett.

Lange noch lag er wach und grübelte. Und bevor ihn der Schlaf endlich umfing, hatte Martin einen Entschluss gefasst.

Am nächsten Morgen fiel ein Sonnenstrahl durch die Dachluke. Fröhlich blinzelte Martin dem Tag entgegen. Er sprang aus dem Bett, trat hinüber zur Waschschüssel, zerstieß – wie jeden Wintermorgen – mit dem Ellenbogen die dünne Eisschicht, tauchte die Hände kurz unter und wischte sie sich dann, benetzt von einem dünnen Film kalten Wassers, übers Gesicht. Die Ohren, den Hals, den Mund – fertig. Die Weste übergezogen, die Stiege hinunter, und schon stand er vor der Ofenbank. Und erschrak.

Der Vater war blass wie ein Tischtuch und schlief mit offenem Mund. Von der Stirn perlte ihm der Schweiß, die Augen waren eingefallen und lagen in dunklen Höhlen. Martin ließ ein entsetztes Ächzen hören. Davon erwachte der Vater. «Martin?» Mit wirrem Blick sah er sich im Raum um. Es dauerte eine Weile, bis er sich orientiert hatte. «Die Sonne steht schon am Himmel, wir müssen aufbrechen!»

Mühsam erhob er sich von der Bank, die Decke fiel zu Boden. Es fehlte nicht viel, und der Vater wäre gleich hinterhergestürzt, so wacklig stand er auf den Beinen. Er tastete nach der Ofenbank und setzte sich. «Gib mir nur einen kurzen Moment, dann geht es los.» Der Vater atmete schwer, als er sich niedergelassen hatte. Dann wieder der bellende Husten.

Die Geräusche in der Stube riefen die Mutter aus der Rauchküche herbei. Dort, in einem kleinen Gelass auf der Hangseite des Hauses, befand sich die Ofenklappe. Von da aus wurde der Kachelofen in der

Stube, auf der anderen Seite der gemauerten Wand, befeuert. Außerdem gab es einen Backofen, wo das Brot gebacken wurde, und eine offene Feuerstelle als Herd. Das Gesicht der Mutter war rot von Hitze und schwarz vom Ruß, als sie in die Stube trat. «Leg dich hin! Du hast Fieber!»

«Ach was», sagte der Vater und erhob sich erneut, um den Gegenbeweis anzutreten. Doch die weichen Beine zwangen ihn zurück auf die Ofenbank. Ein Hustenanfall schüttelte ihn. Er wollte noch immer nicht einsehen, dass eine Reise in seinem Zustand ganz und gar unmöglich war: «Die Arbeit eines Jahres! Soll sie im Schuppen verrotten? Vom Holzwurm zerfressen werden?»

«Lieber die Arbeit eines Jahres dahin, als dein Leben!», hielt die Mutter dagegen. «Wir werden es schon irgendwie über den Winter schaffen.» Ihre Worte kamen brüchig aus der Kehle und flößten Martin nicht gerade Vertrauen ein. Statt Antwort zu geben, stieß der Vater Luft durch die Lippen. Dann drehte er das Gesicht zur Ofenwand – zum Zeichen, dass er sich fügen werde. Vielleicht wollte er auch nur seine Verzweiflung verbergen.

«Es liegt kein Segen mehr auf unserer Arbeit», sagte die Mutter traurig.

«Ach was», sagte Martin da, «wir haben Pech gehabt. Und jetzt reicht es mir langsam mit Trübsal blasen.»

Der Schwung in Martins Stimme ließ den Vater aufhorchen. «Was meinst du?», fragte er matt.

Martin holte tief Luft, um seinen Entschluss zu verkünden. Er wollte es von vornherein so sagen, dass niemand mehr dagegenreden würde: «Der Schlitten ist gepackt, die Kisten sind verzurrt, alles ist bereit. Es muss sich nur noch jemand in die Zugriemen legen und unseren

Spielzeugtieren den Weg nach Dresden zeigen. Ich werde allein gehen. Spart euch den Atem! Ihr braucht nichts dagegen einzuwenden. Es ist nun mal die einzige und die einzig vernünftige Möglichkeit.» Seine Finger zitterten, als er die hastige Rede beendet hatte. Rasch versteckte er sie hinter dem Rücken.

Vater und Mutter standen die Münder offen. Die Mutter fing sich als Erste. «Du warst noch nie weiter als bis zur Sommerweide, und jetzt willst du allein in die Stadt?», fragte sie ungläubig.

Martin presste die Lippen zusammen und nickte.

Der Vater lächelte schief. Er atmete tief ein, musste gleich wieder husten und sagte dann: «Das war nicht das Wort eines Kindes. Das war das Wort eines jungen Mannes!»

Er streckte die Hand aus, und Martin beugte sich ihm so weit entgegen, dass der Vater ihm den Scheitel tätscheln konnte. Er spürte den Stolz des Vaters, und das verlieh ihm Kraft und Mut.

«Wie willst du den Weg finden, ohne Hilfe?», fragte die Mutter.

«Er wird nicht ohne Hilfe bleiben», sagte der Vater bestimmt. «Nur noch drei Tage bis zum Fest, die Wege werden wimmeln von Händlern und Bauern, die zum Markt in die Stadt eilen. Martin muss sich nur in den Pulk werfen und die Augen offen halten. Aber vor allem: Nimm dich vor Lumpen in Acht, mein Junge!»

Die Mutter musterte Martin mit besorgtem Blick, als wolle sie abschätzen, ob er der Sache auch gewachsen war. Gründe gegen die Reise brachte sie jedoch nicht mehr vor. Das war ein gutes Zeichen. Martin wusste, dass es so sein sollte: Er würde fahren! Entschlossen drückte er seine Brust heraus – und spürte ein mulmiges Gefühl in der Magengegend.

«In Gottes Namen», sagte die Mutter da. «Ich werde gleich in die

Kirche laufen und ein Licht für dich entzünden, mein Junge.» Von Trauer und Erschöpfung überwältigt, sank sie an Martins Schulter. Niemals hatte er sich mehr als Mann gefühlt. Sachte hob er seine Hand und strich der Mutter über den Kopf.

«Mach dir keine Sorgen, ich werde den Weg schon finden.»

«Und den Rückweg», schluchzte die Mutter, «bitte!»

Plötzlich stand Line im Raum. «Warum sind alle traurig?», fragte sie verdutzt.

«Weil Martin allein nach Dresden geht, mein Kind», sagte die Mutter und nahm ihre Hand.

«Allein?», Line machte große Augen. «Aber das ist doch toll!»

Kurze Zeit später stand Martin mit Stullen, getrockneten Apfelschnitzen, einem warmen Mantel des Vaters – der ihm noch etwas zu groß war – und einem Bündel mit dem Nötigsten im Hof. Der Vater ließ es sich nicht nehmen, ihm selbst das Zuggeschirr für den Lastenschlitten über die Schulter zu ziehen und festzuschnallen. Eingehüllt in drei Lagen Decken, verriet er ihm hustend letzte Tricks, wie man auf schwierigen Wegen zurechtkam, wie man seine Schritte aufs Eis setzte, ohne abzurutschen, und wie man den Schlitten steuerte, wenn es bergab ging. Martin hörte nur mit halbem Ohr zu. Viele Male schon hatte er den Lastenschlitten zu Tal gesteuert. Das war ein beliebtes Wintervergnügen der Dorfkinder, freilich ohne Ladung. Doch Martin war geschickt, er würde es schnell begreifen, daran zweifelte auch der Vater nicht.

Als Martin die Absätze seiner Stiefel vergeblich in den Schnee rammte und beinahe ausglitt, ohne dass sich der Schlitten auch nur einen Fingerbreit bewegte, da verließ ihn für kurze Zeit der Mut, und er hätte sich am liebsten auf den Boden gehockt und geweint. Doch dann spürte er die Verantwortung, die auf ihm lastete, spürte, dass das Wohl der Familie in seinen Händen lag – und natürlich wollte er sich auch vor der Schwester keine Blöße geben. Kraftvoll legte er sich in die Gurte. Gerade als der Schlitten anzog und sich schmirgelnd ein paar Zoll über den Schnee bewegte, da rief Line: «Warte!»

Martin gehorchte nur zu gern. Sein Atem ging schnell. Line huschte ins Haus und stand wenig später wieder vor ihm. Mit ihren kleinen, warmen Fingern ergriff sie Martins Handschuh, wartete, bis er die Hand geöffnet hatte, und drückte ihm dann etwas hinein: Schnitzmesser und Kerbholz. Martin dankte ihr mit einem Blick. Line lachte ihn an und umarmte ihn fest.

Dann legte er sich erneut in die Riemen, und mit einem kratzenden Geräusch glitt der Schlitten an, kam mitsamt den vielen Kisten in Bewegung und rutschte Zoll um Zoll vorwärts. Da ließ der Vater die Decken fallen und lief ein paar Schritte neben ihm her, nur im Hemd, das war ihm in diesem Moment vollkommen gleichgültig. Denn rasch musste er Martin noch ein paar wichtige Dinge zurufen: eine Summe, die er für das Spielzeug erlösen sollte, keinesfalls durfte er die Ware zu billig verkaufen, denn sonst lohnte die Arbeit nicht! Und er solle einen Händler suchen, der ihm die ganze Fuhre auf einen Schlag abkaufte, und dann, so schnell wie möglich, die Münzen immer eng und verborgen am Leib tragend, nach Hause zurückkehren! Auf keinen Fall solle er länger als notwendig in der Stadt bleiben, denn dort gab es Gauner und Lumpen, die einem ahnungslosen Dorfmenschen nach Geld, Leib und Leben trachteten.

Martin nickte und bejahte alles, was der Vater ihm an Ratschlägen hinterherschrie. Denn längst hatte der keuchend und hustend innehalten und Martin ziehen lassen müssen. Doch Martins Aufmerksamkeit wandte sich mehr und mehr dem Weg zu, mit jedem Schritt wurde der Schlitten schwerer, und nicht weit vom Hof entfernt musste er durch eine Schneewehe, da schien es überhaupt nicht voranzugehen. Dann über eine Handvoll halbierte Baumstämme, die die Brücke über den Dorfbach bildeten, und als er hinüber war, lief ihm ein Pulk Dorfkinder schreiend hinterher. Die kleine Fritzi vom Schmied fragte ihn, was er denn vorhabe mit dem schweren Schlitten. Und als Martin aus stolzgeschwellter Brust verkündete, dass er auf dem Weg nach Dresden sei, da lachten ihn die Kinder aus und sprangen spottend um ihn herum, dass ihm schwarz vor Augen wurde. Und als er den Weg zum Berg hinaufzog und die Sonne in seinen Nacken brannte, da rann der Schweiß in Bächen an ihm hinab. Die Beine wurden schwer, und die Riemen schnitten in seine Schultern, und er dachte, dass er gleich umkehren könne, wenn er den Berggrat erst erreicht habe, denn für mehr würde die Kraft nicht reichen.

Doch die Gewissheit, er sei der Letzte, der seine Familie vor dem sicheren Hungertod retten könne, trieb ihn an. Auf die erste Steigung folgte eine längere Strecke auf gleicher Höhe, und seine Schritte fanden einen Rhythmus, der ihn leicht dahin trug. Und sogleich kam Martin ein Liedchen in den Sinn, das sich dazu pfeifen ließ. So beflügelt hatte er schneller als gedacht den Berggrat erklommen und überwunden. Stand schon auf der anderen Seite, im Schatten der hoch aufragenden Fichten, und unten im Tal erstreckte sich das Nachbardorf Großhainichen, durch das ein Hauptweg des Gebirges führte, und tatsächlich – das sah er schon von weitem! –, da unten wimmelte es von Händlern und Gesinde, von buntem Volk, das auf dem Weg zum großen, weihnachtlichen Striezelmarkt sein musste. Martin beschirmte sein Gesicht mit der Hand, während er das Gewimmel auf der Straße beobachtete, denn die Sonne auf den Schneeflächen blendete ihn. Das Glitzern erwärmte sein Herz, und er konnte es kaum erwarten, sich auf den Schlitten zu schwingen und den Abhang hinunterzusausen.

Martin schnallte das Zuggeschirr ab und legte es sorgfältig auf die Pritsche. Trat dann hinter das Fahrzeug, atmete tief durch, schob an und sprang, als der Schlitten schon Fahrt aufgenommen hatte, auf die Kufen. Ein Fuß links, ein Fuß rechts, und wenn man das Gewicht verlagerte und die Fußspitzen zu Hilfe nahm, konnte man lenken. Als der schwere Schlitten den Hang hinabpfiff, da jauchzte Martin auf, zwitscherte beinahe vor Freude wie eine Lerche im Sommer. Umhüllt von einer Schneewolke, preschte er ins Tal. Die Häuser mit ihren weißen Rauchwölkchen flogen ihm entgegen, die Bäume, Zäune, ja, auch die Menschen wurden rasch größer, und Martin dachte, dass es allmählich an der Zeit wäre abzubremsen. Doch als er den Fuß in den Schnee hackte, da ruckelte der Schlitten nur kurz, wurde aber nicht langsamer, im Gegenteil, bald schien er wieder Fahrt aufzunehmen, und Martin erkannte, dass das, was mit einem leeren Schlitten ein Kinderspiel war, mit einem beladenen zu etwas ganz anderem zu werden drohte, nämlich zu einem Desaster! Die Bäume und Büsche flogen vorüber, mehr als die Hälfte des Abhangs hatte Martin schon zurückgelegt, und er hackte und hakelte seinen Fuß in den Schnee, immerhin, das Lenken funktionierte einigermaßen …

Mit Glück steuerte er den Schlitten zwischen den Baumstämmen einer Obstwiese hindurch, hob nach einer sanften Bodenwelle ab, krachte wieder in den Schnee, einen Lattenzaun durchbrach er problemlos, und als er endlich das Entsetzen der Leute in den vorbeifliegenden Gesichtern sah, löste es ihm die Lippen und Martin schrie aus voller Kehle: «Vorsicht! Obacht! Zur Seite, Leute, zur Seite!»

Vor ihm stoben die Menschen auseinander, und schon rauschte Martin auf die Hauptstraße hinab, wo eine Kutsche hinter der anderen zuckelte. Da tauchte ein Gespann riesenhafter Pferde vor ihm auf, hellbraune mit schwarzer Mähne, solche hatte er noch nie gesehen, und sie wuchsen wie Ungeheuer aus dem Schnee! Mit der Spitze seines Schlittens hielt er direkt auf die Gäule zu, und der Mann auf dem Kutschbock schrie: «Ausweichen, Junge, ausweichen!» Währenddessen zog er kräftig die Riemen an, um die Pferde nach hinten zu bugsieren. Und tatsächlich, mit unsicheren Schritten wichen sie Huf um Huf zurück, während Martin heranrauschte. Immer noch hielt die Spitze seines Schlittens auf die Vorderbeine der Pferde zu. Und sicher wäre er mitten hineingesaust, hätte er sich nicht mit letzter Verzweiflung nach rechts geschmissen, sodass der Schlitten nach links ausbrach und haarscharf an den Beinen der Pferde vorbeiflog und Martin so nah unter ihren Hälsen durchsauste, dass er das Schnauben in seinem Nacken spürte.

Durch den Ruck war der Schlitten in Schieflage geraten, ein Graben jenseits der Hauptstraße besorgte den Rest. Der Schlitten überschlug sich mehrmals, die Riemen flogen in wild peitschenden Schlaufen durch die Luft und die Kisten in hohem Bogen in den Schnee. Und auch Martin wurde in hohem Bogen vom Schlitten geschleudert, bevor er mit einem Puffen mitten hinein in eine Schneewehe schoss. Schnee überall, in der Nase, in den Ohren. Martin spuckte und schluckte, suchte den Ausgang aus diesem pappigen Gestöber, dann packte ihn etwas am Kragen und zog ihn heraus.

Dankbar blickte er in ein krebsrotes Gesicht, das er zuletzt wutverzerrt auf dem Kutschbock gesehen hatte. Aber jetzt schaute der Mann erst erschrocken und dann, als er sah, dass Martin bei Sinnen war, erleichtert. «Junge, das hätte ins Auge gehen können! Ein Wunder, dass du meinen Pferden nicht die Beine gebrochen hast!»

Martin nickte benommen: Ja, ein Wunder. Und ein halsbrecherisches Manöver, das den Schlitten in den Graben und die Arbeit eines Jahres aufs Spiel gesetzt hatte. Und als der Mann sah, dass Martin beinahe noch ein Kind war, als er sah, dass er freundliche, kluge Augen hatte, aus denen eine tiefe Erleichterung darüber sprach, dass alles glimpflich verlaufen war, da musste der Bärtige lachen.

«Ich bin der Kretschmer aus Klingenthal!»

Und Martin erwiderte: «Martin Moscherosch. Auf dem Weg nach Dresden.»

Der Kretschmer war etwas jünger als der Vater, doch sein Bart war ebenso dicht. Er half Martin, den Schnee von seiner Kleidung abzuklopfen. Dann besah man die Lage. Martin suchte mit den Augen die Kisten, die überall verstreut lagen, aber – ein Glück! – verschlossen geblieben waren. Feuchtes Spielzeug war nicht mehr zu gebrauchen. Doch die Spankisten des Vaters hatten dem Sturz standgehalten, gute Arbeit, wie alles, was sie in ihrer kleinen Hütte leisteten.

Auch der Schlitten war Gott sei Dank nicht in die Brüche gegangen. Und als der Zorn vollends aus dem Blick des Bärtigen gewichen war, sagte der: «Ich helfe dir, die Kisten wieder zu verzurren. Auch wenn ich's eilig habe, wie alle in diesen Tagen.» Und um die Leute, die sich am Ort des Geschehens versammelt hatten, zu zerstreuen, rief er laut: «Geht weiter, wird's bald! Hier gibt's nichts zu sehen.»

Als die Kisten auf der Ladefläche des Schlittens gestapelt und verzurrt waren, bedankte sich Martin artig. Dann fragte er den Kretschmer: «Wie weit ist es noch bis Dresden?»

Der besah sich den Jungen von oben bis unten. «Du hast Mumm, dich ganz allein auf den Weg zu machen.»

Martin nickte. «Wie lange?»

Der Mann überlegte. «Mit einem Fuhrwerk und einem Gespann ausgeruhter Pferde? Zwei Stunden.»

«Und zu Fuß?»

«Mit einem Schlitten wie deinem? Voll beladen?»

Martin nickte.

Der Mann zögerte, ihm die Wahrheit zu sagen. «Vor dem Schließen der Tore wird das nichts mehr. Es sei denn, du hast die Kraft Augusts des Starken!»

«August der Starke? Wer ist das?», fragte Martin.

Der Mann prustete. «Du kennst den berühmten August nicht? Kurfürst von Sachsen und König von Polen?»

«Sieht man den in Dresden, wenn man am Schloss vorbeigeht?», fragte Martin.

Der Mann schüttete sich aus vor Lachen. «August der Starke ist schon fast hundert Jahre tot, Junge! Bringt man euch denn gar nichts bei in der Schule?»

Martin schlug die Augen nieder. «Ich gehe nicht zur Schule.»

Der Spott des Mannes versiegte. Nachdenklich betrachtete der bärtige Kretschmer aus Klingenthal den Jungen. Da meldete sich sein Herz zu Wort: «Binde deinen Schlitten hinten an und setz dich zu mir auf den Kutschbock. Die paar Kisten werden uns schon keine Verzögerung einfahren.»

Martin strahlte und tat wie ihm geheißen. Als er den Schlitten am hinteren Ende der Kutsche festgebunden hatte, sprang er auf den Bock, und als der Kretschmer neben ihm saß und die Riemen auf die Rücken der Pferde klatschen ließ, klatschte Martin seinerseits vor Freude in die Hände. Denn von der erhabenen Position des Kutschbocks herab sah die Aufgabe, die vor ihm lag, gleich um ein Vielfaches einfacher aus.

Geschickt fädelte sich der Kutscher ein in die schier endlose Kette von Fuhrwerken, die in die Stadt strebten. Martin betrachtete den weichen, braunen Schneematsch. Mit seinem Zugschlitten wäre er hier aufgeschmissen gewesen. Hätte sich abseits des Weges durchschlagen müssen, wo der Schnee tief war. Bald mussten sie vom Kutschbock steigen, um den Schlitten ganz auf das Fuhrwerk zu hieven. Für vier kräftige Hände war das Gewicht mitsamt den Kisten nicht der Rede wert. Doch zuvor mussten sie ein paar Fässer zusammenschieben, damit der Schlitten noch Platz fand auf der Ladefläche.

«Was hast du denn in deinen Kisten?», fragte der Kretschmer, als sie wieder Seite an Seite auf dem Kutschbock saßen.

«Spielzeug», antwortete Martin. «Tiere aus Holz. Kühe, Esel, Ziegen.»

«Was sonst», sagte der Mann seltsam gleichgültig.

Martin fühlte sich bemüßigt, ihm etwas Besonderes zu präsentieren: «Und Elefanten», fügte er stolz hinzu.

«Elefanten!», prustete der Kretschmer. «Woher weißt denn du, wie Elefanten aussehen?»

«Ich weiß es nicht», gab Martin kleinlaut zu. «Aber mein Vater, der weiß es.»

«Soso, dein Vater.» Der Kretschmer sah ihn aus großen Augen an und verzichtete auf weitere Auskünfte. Doch in Martin bohrte die Frage nach dem Aussehen der Elefanten. Er hatte sie seinem Vater nie gestellt. Wie selbstverständlich hatte er die Elefanten so beschnitten, wie sein Vater es ihm aufgetragen hatte. Hatte eine bunte Decke auf einen Rücken geleimt, von dem er nicht wusste, ob er einem Elefantenrücken überhaupt ähnlich sah. Was, wenn der Handelsagent deshalb nicht erschienen war? Wenn Vaters «Elefanten» dem Tier, das sie darstellen sollten, überhaupt nicht glichen? Weil der Vater niemals aus seinem Dorf herausgekommen war? Wo hätte er einen Elefanten zu Gesicht bekommen sollen?

«Jedes Jahr werden es mehr», sagte der Kretschmer da und stierte auf die Straße.

«Fuhrwerke?», fragte Martin, denn er sah, welche Mühe es machte, das Gespann den anderen Wagen vom Leib zu halten.

Der Kretschmer sah ihm offen ins Gesicht. «Spielzeugschnitzer.»

Martin nickte. Der Mann machte ihm nicht gerade Mut. Mit dem Kopf deutete er auf die Fässer auf der Ladefläche. «Was bringen Sie denn nach Dresden? Wein?»

«Kraut», sagte der Kretschmer. «Die Stadt ist unersättlich. Vor allem an den Feiertagen.»

«Und Sie verkaufen es auf dem Markt?»

Wieder bildeten sich Lachfalten in den Augenwinkeln des Kretschmers. «I wo. Ich beliefere einen Händler. Auf dem Striezelmarkt wird nicht mit Kraut gehandelt.»

«Sondern? Nur mit Spielzeug?», gab Martin seine Unwissenheit offen zu.

Der Mann schüttelte geduldig den Kopf. «Der erste Markttag ist dem Fleisch vorbehalten. Aus der Haltung, aber auch Wildbret.»

Martin nickte.

«Am zweiten öffnen die Stände für Spielzeug und Weihnachtsschmuck. Denn dann putzt sich die Stadt heraus. So geht es sonst auch am dritten und letzten Markttag. Aber nicht in diesem Jahr.»

Martin riss die Augen auf. «Warum nicht? Warum ist in diesem Jahr alles anders?»

Der Mann auf dem Kutschbock schwieg, denn er musste das Fuhrwerk um eine enge Kurve herum über die Weißeritz lenken. Die Brücke war schmal. Dennoch fuhren die Wagen in Zweierreihen hinüber. Beinahe berührten die Radnaben der Fuhrwerke einander.

Als die Engstelle passiert war, erklärte der Kretschmer dem Jungen: «In gewöhnlichen Jahren erstreckt sich der Markt über drei Tage. Doch in diesem Jahr fällt der dritte Tag auf einen Sonntag. Und wenn der Tag vor Heiligabend ein Sonntag ist, bleibt der Markt geschlossen.»

Martin sank auf dem Kutschbock zusammen. Hatte er nicht den Vater für den Menschen gehalten, der beinahe alles über diese Welt wusste? «Heißt das, morgen ist der einzige Tag, an dem Spielzeug auf dem Striezelmarkt gehandelt wird?», fragte er nach.

Der Kretschmer aus Klingenthal sah Martin mitleidig an. «Hat man dir das nicht erzählt, Junge?»

Beklommen schüttelte Martin den Kopf.

«Na», sagte der Klingenthaler da ohne Euphorie, «du wirst schon einen Weg finden, deine Elefanten loszuschlagen.»

Martin nickte, obwohl er sich seiner Sache nicht mehr so sicher war. «Auf jeden Fall werde ich einen echten Elefanten zu Gesicht bekommen!»

Wieder lachte ihn der Mann aus, und Martin hatte das Gefühl, eine Dummheit nach der anderen von sich zu geben. «In Dresden gibt es doch keine Elefanten!»

«Nicht?»

«Die gibt es nur in Afrika», erklärte der Kretschmer aus Klingenthal. «Und meines Wissens liegt Dresden nicht in Afrika, sondern hinter dieser Anhöhe.»

Diese Neuigkeit zauberte endlich eine zuversichtliche Miene auf Martins Gesicht. Die Mittagssonne ließ den schneebedeckten Abhang glitzern. Sie hatten noch einmal an Höhe gewonnen, der Schnee war etwas fester geworden, doch unter den Hufen der braven Pferde brach er bei jedem Schritt weg. Dicht unterhalb der Kuppe zog sich der Weg entlang und auf ihm die Fuhrwerke wie an einer Perlenschnur aufgereiht. Martin stellte sich auf den Kutschbock, doch es reichte immer noch nicht, um einen Blick ins Tal zu werfen.

«Warte nur, dort vorn ist der höchste Punkt, da wirst du die Stadt sehen.»

Ein Reifen des Fuhrwerks geriet in ein Schlagloch, und Martin sprang schnell wieder vom Bock herunter. Der Wagen ruckelte und rumpelte, Martin musste sich festhalten, und als er wieder festen Sitz gefunden hatte, war die Kuppe erreicht, und Martin stand der Mund offen wie ein Krautfass ohne Deckel.

Die letzte Anhöhe, die zur Gebirgsseite hin steil anstieg, lief auf der anderen Seite in sanftem Schwung hinunter bis ins Tal und zu einem Fluss hin aus. Jenseits des Flusses stieg die Landschaft rasch wieder an, um sich zu einer zweiten Hügelkette aufzuwölben, die der diesseitigen zu gleichen schien wie ein Zwilling dem anderen. Zwischen dieser und den gegenüberliegenden Hügeln mochten zwölf Meilen oder mehr liegen. Niemals in seinem Leben hatte Martin so weit gucken können. Im Gebirge sah man immer nur von einem Kamm zum nächsten, und was dahinter lag, blieb verborgen. Das Band des Flusses glitzerte silbrig durch den betörend weißen Schnee, und aus den vielen hundert Essen schraubten sich Rauchbänder in den Himmel. Unter den weiß betupften Dächern aber schimmerte immer dort, wo Schnee abgerutscht war, das Rot der Ziegel. Allein dieser Anblick war alle Anstrengungen wert

gewesen. Martin schwieg andächtig, und der Kretschmer überließ ihn seinem Staunen.

Vor dem Tor trennten sie sich, denn die Krautfässer mussten in einen anderen Teil der Stadt. Der Kretschmer wusste, dass es einfacher war, einen Weg außen herum zu finden, als sich durch das Gewühl im Inneren der Stadt zu kämpfen. So hoben sie den Schlitten von der Ladefläche, der Kretschmer aus Klingenthal verabschiedete sich mit einem derben Schlag auf Martins Schulter, und als der Mann schon wieder auf seinem Kutschbock thronte, wandte er sich noch einmal um und rief lachend: «Viel Glück auf der Suche nach dem Elefanten!»

Martin straffte die Brust unter dem Zuggeschirr und fühlte sich nun, da ihn der Ältere verlassen hatte, wieder wie ein Mann. In dessen Gesellschaft hatte er sich wie ein kleiner, dummer Junge gefühlt. Aber hatte er es nicht in kürzester Zeit von einem entlegenen Dorf im Gebirge bis hierher vor die Tore der Stadt geschafft? Und würde nicht der Rest – ein paar Spankisten voller Spielzeug an den Mann zu bringen und zurückzukehren – genauso einfach zu bewerkstelligen sein? Wann verlangten die Leute schließlich mehr nach Spielzeug als in diesen Tagen, kurz vor dem Fest? Und waren ihre neuen Holztiere mit Decken und echtem Fell nicht die schönsten im Dorf, laut einhelliger Meinung aller Freunde von Martin und Line – auch derer, deren Eltern selbst Tiere schnitzten?

Nachdem er sich auf diese Weise Mut zugesprochen hatte, legte er sich in die Riemen und zog den Schlitten an. Diesmal kam er nicht weit. Nach wenigen Schritten hatte ein Mann in Uniform, mit seinem Dreispitz mit Federbusch hochaufragend, ihm die Hand auf die Brust gelegt und so den Weitermarsch unterbunden.

«Wie heißt du? Woher kommst du? Was willst du in der Stadt?»

«Martin Moscherosch aus Kleinhainichen. Ich will zum Striezelmarkt, Spielzeug verkaufen», antwortete Martin kurz und bündig.

«Soso», ließ der Torwächter verlauten. Es klang nicht gerade überzeugt. «Das willst du also.»

«Ja. Und sobald ich alles losgeschlagen hab, kehre ich zurück.»

«Nicht so hastig, junger Mann.» Mit skeptischem Blick und gemächlichen Schritten ging der Uniformierte um den Schlitten herum und beäugte die Spankisten. «Da ist also Spielzeug drin?»

Ohne Martins Antwort abzuwarten, zog er eine Kiste unter dem Gurt hervor. Roch daran, horchte, schüttelte sie.

«Was für 'n Spielzeug?»

«Holztiere. Geschnitzt und bemalt. Kühe, Esel, Ziegen und ...» Martin zögerte, auf die Elefanten zu sprechen zu kommen.

«Dann ist dir sicher bekannt, dass Waren, die auf dem Striezelmarkt feilgeboten werden, einer Generalakzise unterliegen.»

Martin schüttelte den Kopf. War ihm nicht bekannt. Woher sollte es auch? Der Vater hatte nie etwas davon erwähnt. Vielleicht wusste er es auch nicht. Und was war überhaupt eine Akzise?

«Ich lege sie für diese Fuhre hiermit auf zwei Gulden fest.» Der Soldat streckte Martin die hohle Hand entgegen.

«Ich habe keine Gulden», sagte Martin.

Der Torwächter legte seine Stirn in Falten. «Was hast du: Taler? Groschen? Pfennige?»

Martin leerte die Taschen aus und zeigte seine Reichtümer vor: einen Kanten Brot, einen Bindfaden, ein besonders schönes Stück Birkenrinde, einen plattgetretenen und in der Sonne getrockneten Frosch, den er im Sommer am Bach aufgelesen hatte …

Amüsiert betrachtete der Uniformierte den Frosch. «Das wird nicht reichen.»

Martin spürte, wie ihm die Tränen kamen. Doch er war zu stolz, er schluckte den Kloß im Hals hinunter. «Kann ich die Akzise nicht später entrichten, wenn ich zurückkehre?»

«Am Ende verlässt du die Stadt durch ein anderes Tor, und ich bin der Dumme!»

«Werde ich nicht, ich schwör's!»

«Geschworen wird viel am Tor – und ebenso viel gebrochen», sagte der Wächter ungerührt.

«Aber meine Familie! Sie verhungert, wenn ich nicht zurückkehre!»

«Dann kehre doch zurück! Ich werde dich nicht aufhalten.»

Nun sprangen Martin doch die Tränen in die Augen. So eine Ungerechtigkeit! Er versuchte sich zu fassen und räusperte sich. «Messjöh», sagte er, weil dies die vornehmste Anrede war, die er kannte. «Ich bitte Sie, erlassen Sie mir diese Akzise. Ich gebe eine Kiste voller Spielzeug her, wenn Sie mich passieren lassen.»

«Nun mach hier kein Aufhebens, Bengel!», sagte der Wachhabende. Demonstrativ widmete er sich schon dem nächsten Passanten. Der streckte ihm ein paar Münzen entgegen. «Zwei Gulden», erklärte eine freundliche Stimme.

«Aber ich habe die Akzise doch noch gar nicht festgelegt», sagte der Torwächter verwundert.

«Nicht für mich. Ich zahle für den Jungen.»

Martin blickte auf. Der Torwächter hatte eine unterwürfige Haltung angenommen. «Herr Goldstein, wenn Sie meinen …»

Der Angesprochene trug einen prachtvollen, glitzernden Rock, wie Martin noch nie einen gesehen hatte. Er sah beinahe aus wie die Gewänder, die die Heiligenstatuen in den Kirchen trugen, mit Gold, Silber und buntem Kragen verziert. Dazu ein glattes Gesicht ohne Bart, mit sehr roten Wangen. Martin bekam nur ein Stottern über die Lippen, weil er den Mann für einen Engel hielt.

«Du solltest dich bei Herrn Goldstein bedanken, Junge!», zischte der Wachhabende. «Wenn er auch sonst nichts braucht, weil er alles hat, Dankbarkeit ist nicht zu viel verlangt.»

«Danke», sagte Martin artig, und Herr Goldstein tätschelte ihm die Wange. «Wenn wir uns einst wiedersehen, und du bist reich, während es in meinen Taschen von Birkenrinde und toten Kröten wimmelt, dann würde ich mich freuen, wenn du ebenso für mich einträtest. Einverstanden?»

Martin legte die Hand aufs Herz. «Ich schwör's!»

«Und nimm dich vor Halunken in Acht!», sagte Goldstein noch, bevor er sich einem großen Beutel aus Leder widmete, um seine eigene Akzise zu entrichten.

Hinter seinem Rücken winkte der Torwächter Martin mit einer ungeduldigen Geste vorbei, damit er keine Stockung verursachte. Und Martin wandte sich in die Richtung, in die alle strebten, der ganze bunte Strom von Menschen.

Kaum hatte Martin ein paar mühselige Schritte zurückgelegt – der zerfurchte, matschige Boden eignete sich hier noch weniger für einen Lastschlitten –, da trat jemand von der Seite auf ihn zu.

Stellte seinen Fuß so vor die Schlittenkufe, dass Martin nicht mehr weiterkam.

«Nicht so eilig, mein Junge! Wohin des Wegs?»

Martin sah auf den Fuß, der vor der Kufe stand und ihm das Fortkommen unmöglich machte. Dann schaute er in das Gesicht des Mannes: Er trug einen Bart wie der Vater, aber nicht gepflegt und geschnitten, sondern stoppelig und zerzaust und an manchen Stellen so dünn, dass man die Haare einzeln zählen konnte. Die Zähne waren braun, und der Mann roch aus dem Mund. «Du siehst aus, als könntest du Hilfe gebrauchen.» Mit diesen Worten winkte er einen zweiten aus der Gasse, der zwar rasiert war, dafür aber auch auf dem Kopf kaum Haare trug.

Das konnte Martin nur sehen, weil er ein Bein ausgestellt und den Hut zur Verbeugung gezogen hatte. Als er sich wieder aufrichtete, grinste er breit: «Gestatten: Compagnon & Compagnie, An- und Verkäufe aller Art.»

Martin lächelte tapfer, seine Hand fuhr unter den Mantel und schloss sich um den Griff des Schnitzmessers. «Ihr seid keine Händler. Ihr seid Halunken. Das seh ich doch!»

Der Bärtige zog ein empörtes Gesicht. Er nahm den Fuß von der Kufe. «Na, hör sich das einer an! Da kommt einer frisch vom Dorf, gelangt mit Ach und Krach in die Stadt und spricht, als kenne er sich aus in der Welt.»

«Dass ihr Halunken seid, rieche ich drei Meilen gegen den Wind! Solche wie euch kommen auch in unser Dorf. Und man kann darauf wetten, dass jemand etwas vermisst, wenn sie wieder weg sind.»

Der Bärtige ignorierte die Bemerkung. Wie aus dem Nichts schlug er Martin auf die Brust. Der stolperte drei Schritte rückwärts, fing sich aber wieder.

Jetzt schob sich der Kahle in Martins Blickfeld. «Du sagtest, mein Junge, du willst Ware feilbieten ... Sieh mal, wir treiben ebenfalls Handel auf dem Striezelmarkt und würden dir gern helfen, deine Ware an den Mann zu bringen.»

«Wirklich?» Martin überlegte.

«Du überlässt uns den Schlitten mit den Kisten – er ist ohnehin zu schwer für dich! –, und wir verkaufen die Ware für dich.»

Martin konnte darin keine Schurkerei erkennen. «Das ist eine gute Idee», sagte er. «Mein Vater hat gesagt, dreißig Gulden für alles sind nicht zu viel verlangt.» Martin hielt die Hand auf. Die beiden Männer sahen sich an.

«Aber», wollte der Bärtige einwenden, doch sein Compagnon unterbrach ihn mit einer scharfen Geste.

Der Kahle grinste breit. «Du bekommst dein Geld. Hinterher.»

Martin musterte ihn ungläubig. «Wann, hinterher?»

«Wenn alles verkauft ist.»

Martin stieß Luft durch die Lippen. «Der Handelsagent bezahlt die Ware aber sofort!»

«In der Stadt läuft es anders», behauptete der Kahle mit scheinheiligem Gesichtsausdruck und bestärkte Martin in der wiedererlangten Überzeugung, so schnell wie möglich weiterzuziehen. Also schulterte er die Riemen und zog an. «Ich bin nicht so dumm, wie ihr glaubt.»

Eben war der Schlitten ins Gleiten gekommen, da ruckte es, und Martin kam nicht mehr vom Fleck. «Und wenn ihr nicht sofort euren Fuß da wegnehmt», schrie er, «dann mache ich ein Gezeter, dagegen sind die Posaunen des Jüngsten Tages ein Wiegenlied!»

Schon wurden die Umstehenden auf das Grüppchen aufmerksam.

«Ist ja gut, ist ja gut, mein Junge», beschwichtigte ihn der Kahle zischelnd, und der Bärtige sah abschätzig an ihm hinunter. «Wirst es schon noch bereuen, unsere Hilfe auszuschlagen, Bürschchen!»

Martin spürte keinen Widerstand mehr. Augenblicklich zog er den Schlitten an, ließ die Halunken hinter sich und glaubte, damit hätten sie ihr Interesse ein für alle Mal verloren.

Vom Dippoldiswalder Schlag bis zum Markt war der Weg nicht weit. Martin ließ sich einfach mit dem Strom der Menge treiben. Dennoch benötigte er eine geschlagene Stunde, denn seine Augen konnten sich nicht sattsehen an der Stadt. Die Häuser ragten hoch auf, beinahe so hoch wie die Berge, die sein Dorf umgaben. Doch während man die Gipfel der Berge sehen konnte, waren die Spitzen dieser Riesenhäuser einfach nicht auszumachen. Die Traufe, die vorkragenden Giebel, die Pracht des Zierrats – dies alles hinderte den Blick daran, weiter hinaufzuklettern. Und in jedem zweiten Fenster leuchtete ein Weihnachtsstern, ein Schwibbogen oder eine Pyramide – lauter Weihnachtsschmuck, wie er dort, wo Martin herkam, hergestellt wurde. Es sah jedenfalls nicht so aus, als mangele es in der Stadt an irgendetwas. Die Straße, obwohl es wieder zu schneien begonnen hatte, wimmelte von Menschen und Fuhrwerken und etwas, das Martin noch nie zuvor gesehen hatte: tragbaren Kutschen! Ein Holzkasten mit einem Fenster auf jeder Seite, vor dem ein Vorhang hing, damit man den Passagier nicht sah. Denn in dem Kasten, das erkannte Martin an der Haltung der Träger – einer vorn, einer hinten –, und an der Tür in der Seite, ließ sich ein Mensch transportieren. Wie ein Küken in einer Schachtel! Martin musste laut herauslachen, nachdem er das Wunderding so gut als möglich durchdacht und sich selbst erklärt hatte. Da beobachtete er auch schon, wie die Träger die vier Beine des Kastens mit Sorgfalt auf das Pflaster setzten. Er sah, wie sich seitlich die Klappe öffnete. Wie sich ein vornehmer Herr aus dem schmalen, niedrigen Gelass duckte, denn in dem Kasten war kein Platz für einen aufrecht stehenden Mann. Erst als er draußen war, streckte er sich, drückte dem vorderen Träger Münzen in die Hand und schien von der Reise im Wackelkasten nicht im mindesten angestrengt, sondern im Gegenteil sehr ausgeruht zu sein. Martin kratzte sich vor Verwunderung die Stirn. Eigentlich hatten die Menschen doch Beine – selbst in der Stadt! Warum mussten sie sich von den Beinen anderer tragen lassen? Vielleicht hatte es mit den besonderen Sitten zu tun, für die die Stadt berühmt war. Auf dem Lande fragte keiner nach Manierlichkeit und Höflichkeit. Hier aber schien es der Maßstab allen Handelns zu sein. Manches, was er auf der Straße beobachtete, geschah wohl allein aus diesem Grund: um Vornehmheit zu beweisen. So beobachtete er Männer, die sich beim Überqueren einer Straße ein Taschentuch aus weißer Spitze vor die Nase hielten, gerade so, als gehe ein unerträglicher Gestank vom Straßenleben aus. Martin schnupperte intuitiv an seinem Wintermantel. Er roch nach Vater. Er spürte, wie sich sein Herz verkrampfen wollte, und ging rasch weiter.

Je näher er dem Marktplatz kam, desto höher erschienen ihm die Häuser. Der Schnee, der in immer dichterem Gestöber zu Boden fiel, verhüllte die obersten Etagen. Und so schienen sie geradewegs bis in den Himmel zu wachsen.

Ohne dass er auch nur einen nach dem Weg hätte fragen müssen, spülte ihn die Menschenmenge auf den Altmarkt. Hierhin floss alles, hier schienen alle Wege zu enden, hierauf richtete sich alle Aufmerk-

samkeit. Wer noch eine Gans fürs Festmahl benötigte: Hier bekam er sie. Wer die Wohnung weihnachtlich schmücken wollte: Hier fand er Schwibbögen, Räuchermännel, Pflaumentoffel, Nussknacker. Ein Schaukelpferd für die Kinder? Nichts leichter als das!

Der Platz wirkte wie eine Lichtung im Wald, und Martin erkannte erst auf den zweiten Blick, was ihn so herrlich grün erstrahlen ließ: Jede Bude, jedes Dach, jeder Winkel schien mit Tannengrün geschmückt, so als habe man den Wald in die Stadt gelockt.

In der Mitte des Platzes erhob sich eine mächtige Fichte, die sich im Sommer noch mit den anderen im Wind gewiegt hatte. Nun stand sie still und stolz, so prächtig geschmückt, dass sich die Äste bogen, und doch leblos. Jetzt erst fiel Martin auf, wie windstill es in der Stadt war.

Einen Schreckmoment lang dachte Martin, der Name des Händlers, an den er sich wenden sollte, sei ihm entfallen. Doch als er den Weihnachtsbaum erblickte, hoch und stolz, da fiel ihm der Name wieder ein: Herr Bäumlich! Dies war der einzige Spielzeughändler auf dem Striezelmarkt, den der Vater namentlich kannte, von seinem Handelsagenten.

Den Namen auf den Lippen und den Schlitten hinter sich herziehend, schritt Martin zwischen den Buden und Bretterhäuschen hindurch. Die Kufen schmirgelten über die blanken Pflastersteine, denn die frische Schneedecke war noch hauchzart – und die alte längst in Matsch verwandelt. Ganz so, wie es ihm der Kretschmer aus Klingenthal angekündigt hatte, war in den Buden kein einziges Spielzeug zu sehen. Überall nur Fleisch, Wurst, lebende und tote Tiere, teils noch mit dem

Fell am Leibe. Wie sollte er nur den Spielzeughändler Bäumlich finden, wenn heute Fleischmarkt war? Am besten war es, jemanden zu fragen. Doch wen?

Hinter dem Tresen der nächstgelegenen Bude stand eine gewaltige Frau mit breiten Hüften und ebensolcher Oberweite. Einen so mächtigen Menschen hatte Martin noch nie gesehen. Doch ihr Gesicht war, wenn auch etwas gerötet, sehr freundlich. Mehrmals hatte sie schon zu ihm hinübergeblinzelt. Ihn sichtlich ein wenig bedauert, mit dem Zuggeschirr um die Schultern und der schweren Last im Schlepptau. Der beeindruckende Turm aus sechsundzwanzig Spankisten wirkte weitaus schwerer, als er tatsächlich war. Was Martin einzig davon abhielt, die Marktfrau anzusprechen, waren die nackten Tiere, die lang ausgestreckt und leblos in ihrer Auslage lagen. Sie waren etwas kleiner als Füchse, aber ohne die buschigen Schwänze. Er hatte keinen blassen Schimmer, was für Tiere das waren.

«Na, Junge, wohin mit den schweren Kisten?», rief ihm da die Verkäuferin zu. Dies nahm ihm endgültig die Scheu. Er zog an, und mit ein paar Schritten stand er vor der Auslage. Zog die Nase kraus angesichts der aufgereihten Kadaver. Woran erinnerten ihn nur die länglichen Köpfe und die großen, dunklen Augen?

«Kaninchen», lüftete die Verkäuferin das Rätsel. «Ein Festschmaus. Das Fleisch ist zart und wohlschmeckend.»

Martin nickte ungläubig. Schweine, Ziegen, Pferde, Lämmer, dies alles wurde geschlachtet und verzehrt auf dem Dorfe. Aber Kaninchen? Er rümpfte die Nase.

«Du kommst wohl vom Land?», mutmaßte die Marktfrau. «Was willst du in der Stadt?»

«Schnitzwaren verkaufen», gab Martin freimütig zu.

«Der Markt für Spielzeug und Weihnachtsschmuck öffnet erst morgen», sagte die Marktfrau.

Martin nickte. «Ich weiß. Aber vielleicht ist Herr Bäumlich ja trotzdem schon vor Ort.»

«Wer?»

«Herr Bäumlich», wiederholte Martin.

Die Marktfrau dachte nach. Dann schüttelte sie den Kopf. «Nie gehört. Aber es gibt eine Ecke auf dem Markt, wo sich die Spielzeugleute treffen. Schon heute.»

Martin horchte auf. «Wann genau?»

Die Marktfrau schaute irritiert. «Na, eigentlich immer. Sobald der Markt öffnet.»

«Jetzt in diesem Moment?»

Die Marktfrau zuckte die Achseln. «Ich denke schon.»

«Wo denn?», drängte Martin.

Kaum hatte die Marktfrau eine Richtung gewiesen, da warf Martin sich schon in die Riemen und zog den Schlitten an. Höchst beschwerlich ging es dahin auf dem blanken Pflaster, aber Martin blieb keine andere Wahl. Allerdings, der Schnee fiel vom Himmel mit gleichbleibender Dichte, das Weiß auf den Budendächern bildete schon weiche Polster, auch in den Gassen wurde die Decke immer dichter. Es schien, als bemühe sich sogar der Schnee um einen guten Ausgang für Martins Reise. Doch mehr als je zuvor fühlte er sich weit davon entfernt.

Der Mann machte seinem Namen alle Ehre. Groß wie drei aufeinandergetürmte Wagenräder sah er auf ihn hinab. «Du willst was?»

Martin war eingeschüchtert. «Schnitzspielzeug verkaufen. Kühe. Ziegen. Ele…» Das letzte Wort erstarb Martin im Munde. Obschon er nicht viel über Elefanten wusste, so wie den Mann, der vor ihm stand, genau so stellte er sich einen vor. Riesig. Rundlich. Im grauen Mantel.

«Elefanten?», knurrte Herr Bäumlich. Selbst seine Ohren waren riesig.

Martin nickte und biss sich auf die Lippen, um nicht laut loszulachen.

Die Männer, die Bäumlich umstanden, wandten sich ab und widmeten sich wieder lauthals ihren Gesprächen und Getränken. Die dampften wie Tee und rochen scharf nach Alkohol.

«Wie alt bist du überhaupt?», fragte Bäumlich.

«Etwa fünfzehn.»

«Etwa?»

«Ich bin im Januar geboren.» Martin senkte den Kopf.

Herr Bäumlich wandte sich knurrend ab und seinen Kumpanen zu. Nicht lang, und er führte wieder die Rede. Augenscheinlich war er jemand, auf den man hörte. Die anderen hatten Respekt vor ihm. Martin zögerte, doch dann zupfte er mit Nachdruck an dem langen, grauen Mantel des Mannes.

«Was denn?» Der Tonfall war zornig, als er sich schwerfällig umdrehte.

«Tun Sie es meinem Vater zuliebe, dem Moscherosch aus Kleinhainichen. Unser Agent hat Sie jahrelang mit unseren Holztieren beliefert. Sie haben stets gute Geschäfte mit uns gemacht.» Und, da er nicht wusste, ob das überzeugend genug war, fügte er vollmundig hinzu: «Unser Spielzeug ist das beste!»

Der Händler musterte Martin erneut mit strengem Blick. «Ist das so? Und warum kommt dein Vater nicht selbst, um mir das zu sagen?», fragte er dann.

Martin senkte den Kopf. Eine beißende Trauer durchfuhr ihn, als er an den Zustand der Familie daheim in Kleinhainichen dachte. Wie es dem Vater wohl ging?

«Er … liegt krank darnieder», sagte Martin und seine Stimme zitterte.

Bäumlich nickte. Einen Moment lang schien er mit den Resten eines einstmals guten, weichen Herzens zu kämpfen. Doch dann obsiegte das harte. Mit einer knappen Kopfbewegung lenkte er Martins Blick hinüber zu einem Fuhrwerk, das etwas abseits der Buden stand. Es war drei Lagen hoch mit Kisten bepackt. Es mochten Hunderte sein.

«Siehst du das?», fragte er Martin.

Der Junge nickte.

«Das ist alles Schnitzspielzeug», half er Martins Gedanken auf die Sprünge.

Martins Kehle war plötzlich sehr trocken.

«Und wie man hört, kaufen die Leut' in diesem Jahr nicht gut. Hör dich nur um, alle sagen, die Zeiten sind schlecht und die Geldbörsen verschlossen.»

Martin wollte seinen Ohren nicht trauen. Wie konnte das sein? Die Menschen hier in der Stadt waren so zahlreich und vornehm gekleidet, und so viele Kinder bevölkerten die Straßen. Waren sie denn alle schon versorgt mit Holztieren?

«Unsere Figuren sind die allerbesten, mein Herr. Sie wirken so echt, dass sich niemand wundern würde, wenn unsere Esel zu brüllen anfingen und die Ziegen zu meckern!»

Bäumlich lachte. Generös legte er seine Hand auf Martins Schulter. «Du bist mir eine Ziege, hast eine flinke Zunge! Wenn du magst, kannst du mir mein Zeug verkaufen helfen …»

Stolz schüttelte Martin den Kopf. «Und unsere Arbeit liegen lassen? Vater würde mich in Stücke reißen!»

Schulterzuckend wandte sich der Händler ab. «Dann kann ich dir auch nicht helfen.»

Mit weichen Knien wankte Martin zur Seite und stützte sich dann auf die steinerne Einfassung einer Pferdetränke. Eine fürchterliche Müdigkeit und Niedergeschlagenheit ergriff von ihm Besitz.

Kaum hatte er sich niedergelassen, da vernahm er eine Stimme, die ihm gerade noch gefehlt hatte, dicht an seinem Ohr: «Jetzt bist du ratlos, Kerlchen. Kannst den ganzen Kram fortschmeißen! Als Feuerholz taugt es vielleicht noch. Oder aber ...»

Der Gauner machte eine Pause, doch Martin wusste schon, was folgen würde. «Nie und nimmer geb ich euch meine Sachen!» Instinktiv packte er die Riemen seines Schlittens fester.

Der Halunke mit dem struppigen Stoppelbart legte seine Hand auf Martins Schulter und versuchte eine vertrauensvolle Miene. Sie misslang gründlich. «Kerlchen, wir wollen dir helfen. Die Kaufleute haben kein Herz. Aber wir, wir haben eins.»

Beschwörend legte der Bärtige eine Hand auf die falsche Seite seiner Brust. Der Kahle tauchte hinter seinem Rücken auf und bekräftigte die Rede des Compagnons. «Uns kannst du doch vertrauen. Wir sind genauso arm wie du. Denn wir haben nichts, was wir verkaufen könnten. Aber du, du hast etwas!» Er nickte bekräftigend. «Vertrau uns! Wir sind ehrliche Leut! Wenn alles verkauft ist, teilen wir.»

Martin seufzte tief. Wenn ihm auch sein Gefühl etwas anderes riet, er sah keinen anderen Weg. Wenn sie ihr Wort brachen, dann war das Spielzeug fort. Was für eine schmachvolle Rückkehr wäre dies! Doch eine noch viel größere Schmach wäre es, den Schlitten vollbeladen wieder zurückzubringen.

«Nun gut», sagte Martin und wollte die Zugriemen schon dem Bärtigen übergeben. Da legte sich eine schmale, zierliche Hand auf die seine. Martin hob den Kopf und sah in die freundlichen Augen eines Mädchens. «Bevor du es ihm gibst, schenke es lieber dem Waisenhaus.»

Erstaunt prüfte Martin den Blick des Mädchens. Sie mochte so alt sein wie er, vielleicht sogar etwas jünger, und doch wirkte sie klug und entschlossen. Augenblicklich fasste er Vertrauen zu ihr.

«Hol dich der Teufel!», knurrte der Kahle. «Was weißt du schon?»

«Dass ihr zwei stets einen großen Bogen um den *Grandmarchand* macht – und das aus gutem Grund!»

«Wir wollen dem kleinen Mann hier nur helfen!»

«Ich bin nicht klein!», fühlte Martin sich bemüßigt zu betonen. «Ich bin fünfzehn! Fast jedenfalls.» Das Mädchen warf ihm einen belustigten Blick zu. Dann wandte sie sich wieder an die beiden Halunken. Ihre Stirn lag in Zornesfalten. «Eure Hilfe kenne ich! Hinterher benötigt man noch mehr!»

Mit angehaltenem Atem belauschte Martin den Disput. Das Mädchen – obwohl es einen halben Kopf kleiner war als er – beeindruckte ihn. Ihre Haare waren von einem Tuch bedeckt, das so eng anlag, dass es faltenlos in ihre ebenmäßige Stirn überging. Unterhalb des Saumes lugten allerdings zwei haselnussbraune Strähnen hervor. Ihre Stupsnase leuchtete wie ein Nachtlicht über den ebenmäßigen Lippen. Und die kräftigen, hübsch geschwungenen Augenbrauen verliehen ihrer Miene Ernsthaftigkeit und Energie.

Verwundert wurde Martin Zeuge, wie sich diese beiden Halunken, die doch zu jeder Gemeinheit fähig schienen, von einem halbwüchsigen Mädchen in die Schranken weisen ließen. Sie grummelten und meckerten, doch dann verzogen sie sich. Fassungslos starrte Martin ihnen hinterher. Fast bedauerte er ihren Abgang ein wenig, denn diese beiden schienen wenigstens einen Plan zu haben. Er selbst hingegen, er hatte nichts.

Als sie so wie alte Verbündete beieinanderstanden, war es ihnen plötzlich peinlich. Das Mädchen schien von seiner eigenen Kühnheit überrascht: Martin bemerkte, wie es rot wurde. Die Farbe der Nasenspitze breitete sich einfach über beide Wangen aus.

«Ich heiße Marie», brach sie endlich die Stille. Martin wollte sein eigener Name nicht einfallen. Zu keinem geraden Gedanken fähig, starrte er sie an. Da fügte sie, um den peinlichen Moment zu überbrücken, hinzu: «Und was machen wir jetzt mit dir?»

Erschöpft ließ sich Martin auf dem Schlitten nieder, das Mädchen – Marie – nahm neben ihm Platz. Und als er ihre Nähe spürte, ließ Martin seiner Trauer, seiner Enttäuschung, seiner tiefen Erschütterung über die Ungerechtigkeit der Welt freien Lauf. Während er erzählte, legte das Mädchen wie selbstverständlich ihren Arm um seine Schulter. Und mit einem Mal fühlte sich Martin nicht groß und erwachsen, nicht wie ein Fast-Mann von fünfzehn Jahren, sondern wie ein armes, einsames Kind.

Als Martin sich beruhigt hatte und sie eine Weile miteinander geschwiegen hatten, sagte Marie: «Ich möchte sie sehen!»

Martin hob den Kopf: «Wen?»

«Na, die Tiere! Ich will deine Spielzeugtiere sehen!»

Martin zögerte. Der Vater hatte ihm eingebläut, die Kisten nur zu öffnen, um sie dem Händler zu zeigen. Aus keinem anderen Grund! Martin hatte die ernste Miene des Vaters gut in Erinnerung, als er diese Warnung aussprach. Entschieden schüttelte er den Kopf. «Das geht nicht.»

Marie sah ihn erstaunt an. «Wieso nicht?»

Er wich ihrem Blick aus. Kaum hörbar nuschelte er: «Vater hat's verboten.»

«Verstehe, aber – schau mich an! – mir kannst du doch vertrauen!»

Marie hatte etwas Abstand genommen, damit er sie besser betrachten konnte. «Nun gut», sagte er schließlich und schlug die väterlichen Bedenken in den Wind. Und auch das leise Bauchgrimmen, das ihn befiel, als er diese Worte gesprochen hatte.

Marie sprang auf und klatschte in die Hände, während Martin sich an den Kisten zu schaffen machte. Er zog das Schnitzmesser aus der Tasche und schnitt die Schnüre entzwei, die die Deckel auf den Schachteln hielten. Vorsichtig öffnete er eine in der Hoffnung, dass das erste Tier, das er herauszog, nicht unbedingt ein Elefant wäre. Er fürchtete Maries Spott.

«Ein Elefant!», rief da schon Marie und zog ein Tier aus den Drechselspänen.

«Woher weißt du, wie ein Elefant aussieht?», fragte Martin vorsichtig.

Marie hob die Stupsnase. «Na, weil ich erst vor ein paar Tagen einen gesehen habe.»

«Aber die gibt es doch nur in Afrika!»

«Und in Indien», ergänzte Marie.

Davon hatte Martin noch nie gehört. Und seines Wissens lag Dresden weder in Afrika noch in Indien.

Marie lächelte. «Es gibt einen im Zwinger.»

«Im Zwinger? Das klingt lustig. Was ist das?»

«Mein Gott, bist du ahnungslos!», brach es aus ihr heraus.

Beleidigt kniff Martin die Lippen zusammen. Doch Marie hatte nur Augen für den hölzernen Elefanten. Beinahe zärtlich ließ sie ihre Finger über das bemalte Holz gleiten. Dann bemerkte sie die Decke aus feinem, buntem Stoff, die über den Holzrücken gespannt war. Daran hingen winzige Troddeln aus fein gedrehten Wollkordeln. Vorsichtig ließ

Marie sie durch ihre Fingerspitzen gleiten. «Wie wunderhübsch!», rief sie aus. «Hast du das gemacht?»

Martin wurde rot. «Ich habe nur beigeschnitzt. Wenn man die Rohlinge vom Reifen schlägt, sind die Ränder noch grob und kantig. Man muss sie bearbeiten. Das erfordert Fingerspitzengefühl. Meine Mutter bemalt sie. Und Line auch, das ist meine Schwester. Eigentlich heißt sie Wilhelmine. Die kam auch auf die Idee mit der Stoffdecke und den Wollfäden.»

«Das ist … wirklich bezaubernd», seufzte Marie.

«Ich schenke ihn dir», sagte er leise und hoffte darauf, nicht rot zu werden. Sie warf ihm einen dankbaren Blick zu. Doch gleich waren ihre Augen wieder bei dem Elefanten. Während sie ihn von allen Seiten betrachtete, erblickte Martin Herrn Bäumlich, der neugierig zu ihnen herübersah. Als Marie das Holztier hochhob, bekam der Händler Stielaugen.

Marie hatte es längst bemerkt. «Fehlen Ihnen noch Elefanten?», rief sie keck hinüber. Da wandte sich Bäumlich ab und tat, als interessiere er sich dringend für etwas anderes.

Marie wirbelte zu Martin herum. Ein schelmisches Strahlen lag auf ihrem Gesicht. «Hast du seine Miene gesehen? Als hätte er Bitterwurz geschluckt. Wenn die anderen Tiere ähnlich gut gelungen sind, mach ich mir keine Sorgen.»

«Ich schon», sagte Martin. «Herr Bäumlich hat meine Ware schon abgelehnt. Und ohne einen Händler werde ich nichts verkaufen. Nicht ein Stück. Oder soll ich mich vielleicht selbst auf den Markt stellen und die Tiere aus den Kisten heraus feilbieten?»

«Warum eigentlich nicht?», fragte Marie. Sie hatte ihrem Optimismus freien Lauf gelassen und musste ihn im nächsten Moment doch wieder einfangen. «Nein. Das geht nicht», sagte sie betrübt. «Man benötigt eine Verkaufslizenz vom Grandmarchand.» Schon wieder dieser fremdklingende Name. Marie hatte ihn schon den Halunken gegenüber erwähnt.

«Wer ist denn dieser Grohmarschoh?», fragte Martin vorsichtig und wusste selbst, wie schief es aus seinem Mund klang. Allmählich begann er sich über die eigene Unwissenheit zu ärgern.

«Der Marktaufseher», erklärte Marie. «Er teilt die Stände zu und vergibt die Lizenzen. Und sorgt dafür, dass es nach Recht und Gesetz zugeht auf dem Markt.»

«Und wenn ich mich bei ihm um einen eigenen Stand bemühe?»

Marie musterte Martin schweigend. Dann sagte sie: «Warum eigentlich nicht?»

Kaum war der Gedanke ausgesprochen, half Marie Martin, die Kisten wieder zu verzurren und den Grandmarchand im Gewimmel der Buden und Stände ausfindig zu machen. Er war in prächtiger Uniform mit Dreispitz und Busch gekleidet und wirkte dadurch größer als alle um ihn herum. Um den Kindern zu lauschen, neigte er sich zu ihnen herunter. Doch nachdem sie ihm ihren Vorschlag unterbreitet hatten, richtete er sich wieder auf, legte den Kopf zurück und lachte schallend.

Martin und Marie waren verzweifelt genug, sich nicht damit abzugeben. Mit Engelszungen redeten die beiden auf den Aufseher ein. Der schüttelte – nachdem er sich beruhigt hatte – immer nur seinen Kopf. «Die Marktstände sind auf Jahre hinaus vergeben, Kinder», erklärte er kopfschüttelnd. «Manche werden vom Vater auf den Sohn vererbt. Es gibt Familien, die sind schon in fünfter oder sechster Generation auf dem Striezelmarkt. Und da wollt ihr …», wieder musste er lachen.

Martin und Marie warfen sich niedergeschlagene Blicke zu.

«Macht euch keine Hoffnungen», beschied der Grandmarchand sie schließlich. «Etwas Besseres kann ich euch nicht sagen.» Er wandte sich ab und verschwand in den Gassen zwischen den Marktbuden. Selbst der kleine Federbusch, der auf der höchsten Spitze seines Hutes saß, ging unter in der Menge.

Marie stieß ein zorniges Atemwölkchen in die Luft. Und Martin nahm die Zugriemen seines Schlittens in die Fäuste und zog kräftig an, um dem geballten Ärger in seinem Bauch eine Aufgabe zu geben. Der Schneefall wollte einfach nicht nachlassen. Ohne Unterlass rieselte er in die Gassen zwischen den Marktbuden, und die Händler hatten alle Hände voll zu tun, die Wege frei zu schaufeln. Und als er die weißen Haufen überall sah, da verpuffte Martins Groll, denn er wusste nicht, wohin er den Schlitten hätte ziehen sollen.

«Komm mit!», sagte Marie da. Ihre Augen blitzten entschlossen.

«Wohin?»

«Lass dich überraschen!»

«Nicht ohne meine Kisten!»

«Nun gut», sagte Marie, «ich helfe dir ziehen.»

Gesagt, getan. Sie nahm einen der Riemen und legte ihn sich über die Schulter, während Martin den anderen über die seine spannte. Gemeinsam zogen sie den Schlitten über den Schnee, der in immer dickeren Flocken auf das Pflaster fiel, und das ruhige, im Rhythmus ihrer Schritte wogende Schmirgeln hob auch Martins Mut ein wenig.

Marie schritt zielstrebig aus. Seite an Seite und bald ein wenig keuchend zogen sie durch eine sehr schmale Gasse voller wimmelnder Menschen. Ihre Seiten zierten schlanke, elegante Häuser. Der Schnee rieselte schnurgerade zwischen die Fassaden und schluckte die Geräusche ihrer Schritte. Leicht glitt der Schlitten auf dem frischen Schnee dahin.

Martin konnte sich nicht sattsehen an den Stadtmenschen mit ihren Gamaschen und Pelzhandschuhen und Schirmen und Übermänteln und Halstüchern aus Spitze und wogenden Hüten. Man sah Offiziere in Paradeuniform mit polierten Knöpfen und glänzenden Stiefeln, während man oben im Erzgebirge höchstens einmal den Obersteiger in seinem Festornat antraf. Und das auch nur am Tag der Heiligen Barbara. Die Damen trugen Kleider von einer Pracht, die man in seinem kleinen Dorf nicht einmal zu Hochzeitsfeiern zu sehen bekam. Die Schleppen hingen bis auf den Boden, und es schien niemanden zu kümmern, dass der Stoff nass wurde. Martin sah solch einer Dame hinterher und schüttelte den Kopf. «Warum kümmert es sie nicht, dass ihr Kleid schmutzig wird?»

«Sie wäscht es nicht selbst», antwortete Marie lakonisch. «Sie lässt andere waschen. Mädchen – wie mich.»

Martin horchte auf. «Du bist … Wäscherin?», fragte Martin.

Marie schüttelte den Kopf und errötete. «Meine Mutter ist Köchin in einem vornehmen Haus. Und ich helfe ihr aus. Als Küchenmagd.»

Martin lachte sie an. «Das ist doch kein Grund, rot zu werden!»

«Ich finde schon», sagte Marie trotzig und legte sich mit ganzer Kraft in die Riemen, sodass sie eine Nasenlänge vor Martin ging und der Schlitten schief im Geschirr hing.

«Wo willst du hin?», fragte Martin erneut, als sie sich dem Ende der

Gasse näherten. Schon sprangen die Häuser zurück, der Weg weitete sich, und Straße wie Menschen ergossen sich auf einen unregelmäßigen Platz.

Marie wies mit dem Kopf hinüber zu einem riesigen, vollkommen symmetrischen Gebäude aus Stein. Es schien fast nur aus Fenstern zu bestehen in denen sich der Schnee spiegelte, und die Mauern waren nicht glatt, wie Martin das von gewöhnlichen Häusern kannte. Beinahe jede Kante, jedes Gesims war mit Figuren und Zierrat versehen. Das war kein Haus, das war ein Kunstwerk aus Wänden, Giebeln und Fenstern. Seine Gestalt erinnerte Martin an die riesigen Grabmäler aus Stein, die es in einigen Kirchen seiner Gegend gab, wenn hohe Leute zur ewigen Ruhe gebettet waren. Der Palast – denn um nichts anderes konnte es sich handeln – musste das Königsschloss sein oder wenigstens das Palais eines Barons. Doch der Name, den Marie ihm gab, hatte nichts von der Pracht und Opulenz des Gebäudes: «Das ist der Zwinger», sagte sie mit dem Stolz eines Stadtführers.

«Aha», sagte Martin. «Und wer zwingt hier wen?»

«Was weiß denn ich, so heißt er von alters her. Wenn du magst, frag den Wärter an der Pforte. Den müssen wir ohnehin überreden.»

«Überreden? Wozu denn?», fragte Martin besorgt.

«Na, dass er uns hineinlässt.»

«Du willst hinein? In den Königspalast?»

Marie nickte, als wäre es die größte Selbstverständlichkeit. Martin runzelte die Stirn und besah sich das Gebäude genauer. Es war nicht hochaufragend wie die anderen in der Stadt, sondern langgestreckt. Eigentlich besaß es nur zwei Geschosse. Und hinter den Fensterhöhlen war es düster, nur hier und dort flackerte der Schein einer Kerze oder eines Öllichts hinter den Scheiben. Nie zuvor hatte Martin solch ein riesiges Gebäude gesehen. Die Dorfkirche von Kleinhainichen wirkte dagegen wie ein Hühnerschuppen.

«Natürlich will ich dort hinein», sagte Marie lachend. «Sonst kannst du ihn ja nicht sehen.»

«Wen denn?»

Marie ließ den Schlittenriemen fallen und rannte voraus.

«Heh!», rief Martin. «Ich kann doch die Kisten hier nicht stehen lassen.»

Martin angelte den Riemen aus dem Schnee, spannte sich erneut allein ins Geschirr und zog ihr mühsam hinterher. Warum folgte er eigentlich diesem Mädchen, das in jedem Moment nur das zu tun schien, was ihm die Laune eingab?

Als Martin den Schlitten in den riesigen Durchgang zog und sich die Flocken vom Kragen schlug, da stand Marie schon in Verhandlungen mit dem Aufseher. Der trug den grünweißen Rock des sächsischen Militärs, dazu einen imposanten Hut auf dem Kopf – imposanter noch als der des Grandmarchands – und aus dem Lauf seines Gewehres ragte ein Messer. Intuitiv tastete Martin nach seinem Schnitzmesser – es war noch am Ort. Und auch der Stecken stak in seinem Hosenbund. Am Abend – falls dieser Tag jemals zu Ende gehen sollte – würde er eine Kerbe für diesen Tag hineinritzen. Und was für eine!

Martin hatte schon von Soldaten gehört, aber von einer derartigen Waffe, halb Gewehr, halb Messer, noch nie. Fasziniert betrachtete er sie. Mit einem Ohr hörte er Marie auf den Wächter einreden: «Noch nie in

Dresden … kennt sich mit Tieren aus … möchte sie so lebensecht wie möglich schnitzen.»

«Tiere?», fragte der Soldat interessiert.

«Ja», nickte Marie, «Ziegen, Kühe, Esel, Ele …»

«Doch nicht etwa Kinderspielzeug?», die Augen des Soldaten glänzten.

«Aber sicher! Martin ist der begabteste Spielzeugschnitzer in seinem Dorf – ach, was sag ich –, zwischen Dresden und Zwickau!»

Mit Gesten bat Martin Marie, nicht so zu prahlen. Doch mit derlei Bedenken hielt sich Marie nicht auf. «Zeig es ihm, Martin, los, zeig es ihm!»

Martin öffnete erneut eine Kiste, langte hinein und zog aus den Drechselspänen, was er als Erstes zu greifen bekam: einen Esel.

Ehrfürchtig nahm Marie das Spielzeug entgegen und reichte es an den Wächter weiter. Der drehte es sachte in den Fingern. «Genau solch ein Spielzeug habe ich für meine drei Söhne gesucht.»

«Drei Söhne», murmelte Marie, «hol noch mehr heraus!»

Je mehr Tiere Martin aus den Kisten zog, desto glänzender wurden die Augen des Soldaten. Schließlich streckte er Marie zwei Hände voller Holztiere entgegen und fragte vorsichtig: «Was verlangt ihr dafür?»

Martin spürte sein Herz klopfen. Vor Aufregung gelang es ihm nicht gleich, einen angemessenen Betrag zu fordern. Marie kam ihm zuvor: «Eintritt in die Sammlung. Weiter nichts.»

Martin blieb die Spucke weg. Noch war es nicht zu spät zu protestieren! Er nahm allen Mut zusammen. «Nein!»

Marie warf ihm einen strengen Blick zu.

«Ich glaube», stammelte Martin, «sie meint nicht ‹nichts›, sondern ‹fast nichts›, genauer gesagt …»

Marie ergriff seine Hand und wollte ihn am Wachsoldaten vorbeiziehen. Martin sträubte sich. «Ich kann die Kisten nicht hier stehen lassen! Das Leben meiner Familie und auch meines hängt daran!», versuchte er noch sich zu wehren. Doch Marie zog ihn einfach weiter.

«Ich passe darauf auf! Sorgt euch nicht darum», rief ihnen der Wächter hinterher und betrachtete glücklich den Schatz in seinen Händen.

«Bist du wahnsinnig?», stellte Martin das Mädchen zur Rede, als sie außer Hörweite waren.

Marie zog ein unschuldiges Gesicht. «Wieso?»

«Wenn er so gut auf unser Spielzeug aufpasst wie du, dann muss ich mir wirklich keine Sorgen mehr machen!»

«Wieso?»

«Weil ich dann bald nichts mehr zum Verkaufen habe!»

«Ach was, komm mit. Du wirst sehen, dass es das wert war.» Sie griff nach seiner Hand, umschloss sie mit ihren Fingern, und dieser plötzliche Beweis von Vertrautheit raubte Martin schier die Sprache. Das Mädchen, das ihm völlig fremd war, und zugleich schon so nah durch die gemeinsam verbrachten Stunden, zog ihn weiter. Vorbei an prächtigen, bemalten Tellern und Vasen aus einem weißen Stoff, der so strahlend glänzte wie die Pupillen eines Pferdes.

«Was soll ich hier?», rief Martin unwillig aus.

«Wart's ab!», vertröstete Marie ihn geheimnisvoll.

Trotz des warmen Gefühls in seinem Bauch wollte er nicht wie ein Kind von ihr behandelt werden. «Lass mich los, du sollst mich ...» Im nächsten Moment verstummte Martin. Marie hatte haltgemacht vor etwas, das so berückend schön war, dass Martin es nicht für möglich gehalten hätte.

«Das ist ein Elefant!», sagte Marie stolz.

Martin schwieg andächtig. Der Elefant war nicht lebendig, aber sehr groß. Die Stoßzähne waren mächtiger als die an Martins Schnitzelefanten, und der Rücken trug keine Decke, aber sonst war alles recht ähnlich. Nur die Beine waren gedrungener. Alles war von dem reinsten, unschuldigsten Weiß. Eine Farbe wie Schnee, wenn er vom Himmel fällt.

«Was ist das?», fragte Martin und ärgerte sich im selben Moment schon wieder über seine unendliche Unwissenheit, was die Dinge dieser Welt anbelangte.

«Sag ich doch, ein Elefant. Erkennst du ihn denn nicht?»

«Nein. Ich meine das Material. Ist es ... weißes Gold?», fragte Martin ehrfürchtig.

«Porzellan», sagte Marie, und Martin wiederholte das Wort wie einen Zauberspruch.

Marie betrachtete ihn misstrauisch von der Seite. «Wie konntest du einen Elefanten schnitzen», fragte sie ihn, «wenn du noch nie einen gesehen hast?»

Martin zuckte mit den Schultern. «Ich habe einfach nur das gemacht, was Vater mir gezeigt hat.»

Marie führte ihn weiter und zeigte ihm noch mehr Elefanten. Einige wurden beritten oder von Menschen geführt, und Martin ahnte, dass die echten Elefanten noch ungleich größer waren als er vermutet hatte. Und dann waren da auch noch andere Tiere: Schlangen, Bären und plumpe, fette Einhörner mit riesigem Kopf und kurzen Beinen, deren Namen nicht einmal Marie kannte.

Als mit einem Mal eine rötliche Sonne durch die Scheiben glitzerte, rief Marie aus: «Ich muss heim!»

Martins Herz versetzte es einen Stich. Sein Blick wurde tieftraurig. «Und ich?», fragte er und ärgerte sich über das Bangen in seiner Stimme. «Ich weiß nicht, wo ich hinsoll. Ich kenne hier niemanden.» Leise fügte er hinzu: «Nur dich.»

Marie sah ihn einen Moment lang an. Schließlich sagte sie mit einer Vorsicht, die Martin bislang noch nicht von ihr gehört hatte: «Dann kommst du mit mir.»

«Wirklich?» Martin sah auf. «Du nimmst mich mit?»

Marie kräuselte die Nase und trat einen Schritt zurück. Vielleicht schätzte sie ab, wie Martin auf einen Erwachsenen wirken würde – auf ihre Mutter zum Beispiel. Martin entdeckte Zweifel in ihrem Blick.

«Ja, los, komm einfach mit!», sagte sie dann entschlossen und streckte erneut ihre Hand nach der seinen aus. «Wir müssen uns aber beeilen.»

Am Ausgang händigte der Aufseher ihnen den Schlitten aus. Er war ein freundlicher Mann mit riesigem Schnauzbart. «Es ist nichts weggekommen», sagte er zur Bekräftigung, und Martin bedankte sich artig. Als sie schon beinahe abgezogen waren, wandte Martin sich noch einmal um. «Warte!», flüsterte er Marie zu. Er lief zurück, öffnete die oberste Kiste und zog einen der bemalten Holzelefanten heraus. Stolz überreichte er ihn dem Wächter. «Den haben wir selbst hergestellt!», sagte Martin.

Der Wächter rollte mit Kennermiene die Lippen unter dem Schnurrbart. «Das ist einer der schönsten Elefanten, die ich jemals gesehen habe. Und mit Elefanten kenne ich mich aus!», sagte er und zwinkerte Martin zu.

Als sie auf den kleinen Platz vor dem Zwingerflügel traten, hatte es zu schneien aufgehört. Überall schabten die hölzernen Schneeschieber übers Pflaster, hohe Haufen türmten sich an den Wegesrändern. Marie legte einen strammen Schritt vor. Martin zog den Schlitten allein. Auf der Schneedecke lief er gut dahin. Martin konzentrierte sich auf seine Schritte und darauf, dass er Marie nicht verlor. Erst als er schon mitten darin stand, bemerkte er, dass er in einen riesenhaften Schatten gelaufen war. Er tauchte nicht nur ihn ins Dunkel, sondern den halben Platz. Martin hob den Kopf und richtete den Blick nach oben. Über ihm wölbte sich die gigantische, glockenförmige Kuppel der Frauenkirche, die er bereits aus der Entfernung gesehen hatte. Doch da hatte sie noch unwirklich und winzig gewirkt. Nun schoss sie gewaltig und steinern vor ihm auf. Martin konnte nicht anders, er musste stehen bleiben und staunen.

Marie war einige Schritte voraus. Als sie bemerkte, dass Martin nicht folgte, kehrte sie um. Stellte sich neben ihn und schaute gleichfalls zum goldenen Kreuz hinauf, das weit oben in den letzten Strahlen der Sonne glitzerte. Es sah klein aus, so klein wie Martins kleinster Finger, aber nur, weil es so hoch oben auf dem Dach thronte. Niemals hatte Martin solch ein Dach gesehen. Ein Wunder, dass es überhaupt oben blieb, dass die Mauern nicht unter der Last zerbarsten! Er kniff die Augen zusammen. Hoch oben, hinter einer vergoldeten Balustrade, regte sich etwas.

«Menschen», rief Martin begeistert, «da oben sind Menschen!»

Marie tat es als die größte Selbstverständlichkeit ab, dass Menschen auf einem Kirchendach herumstanden. «Natürlich. Man kann hinaufsteigen. Es macht keine Mühe.»

Martin sah sie tief erstaunt an. Dann zog er eine bittende Miene. Sie ahnte, was er wollte. «O nein, nicht jetzt, ich bin spät dran!»

Martin schlug die Augen nieder.

Marie empfand sein Bedauern und seufzte: «Na gut, aber schnell! Einen Blick hinunter und dann nichts wie nach Hause.»

Martin klatschte in die Hände, doch im nächsten Moment holte ihn Ernüchterung ein. «Der Schlitten! Was mach ich mit dem?»

Er sah sich um und entdeckte am Fuße eines Pfeilers der Kirche einen Bettler in Lumpen. «Wären Sie so nett und würden einen Moment auf den Schlitten aufpassen?» Der Bettler machte große Augen. Da drückte Martin ihm schon die Riemen in die Hand.

«Es soll ihr Schaden nicht sein! Wir sind gleich wieder da.»

Und schon hastete er den Treppenturm hinauf, immer zwei Stufen auf einmal nehmend. Jetzt hatte Marie Mühe mitzuhalten. «Ich finde, du bist ein wenig zu vertrauensselig geworden», sagte sie mit ungutem Gefühl, als sie ihn eingeholt hatte.

«Was meinst du? Sind doch alles nette Menschen in dieser Stadt.»

«Wenn du dich da mal nicht täuschst. Hast du die beiden Halunken schon vergessen?»

«Ach», sagte Martin, «die sind doch längst über alle Berge!»

«Wollen wir's hoffen!», sagte Marie.

Auf halber Höhe der Kuppel erreichten sie einen Absatz im Treppenhaus. Hier konnte man in den Kirchenraum hinunterschauen und war der Innenseite der Kuppel so nahe wie der Mond den Sternen. Martin war wie vom Donner gerührt. Niemals hatte er so leuchtend bunte, so strahlend fröhliche Malereien gesehen. Das Jubeln der frohen Botschaft sprang ihm von überall entgegen. Er lehnte sich über die

Balustrade und sah nach unten. Tief unter sich erblickte er die Bankreihen des Kirchenraumes. Dann richtete er den Blick nach oben. In der gläsernen Laterne brach sich das letzte Licht der Abendsonne und brachte die Farben zum Leuchten.

«Das ist das Paradies», sagte Martin andächtig.

Marie lächelte spöttisch. «Ich stelle es mir etwas anders vor.»

«Wie denn?», fragte Martin.

Marie wich seinem Blick aus. «Auf jeden Fall müsste meine Mutter dabei sein», sagte sie noch und lief davon. «Komm mit, beeil dich! Das Licht wird weniger.»

Es waren nur noch ein paar Stufen. Im letzten Treppenturm quetschten sie sich durch einen steinernen Wendel. Der Stein roch nach Sand, ihre Schritte schabten über die Stufen. Dann schlug ihnen ein scharfer Luftzug entgegen, und schon traten sie hinaus auf eine überdachte Plattform. In der Mitte, von einer Brüstung umgeben, erhob sich die Laterne über dem Loch in der Kuppel, durch die Martin die Sonnenstrahlen hatte fallen sehen. Er umfasste die Balustrade und ließ den Blick schweifen. Unter ihnen lag die Stadt. Und nicht weit von ihnen der Fluss, der sich quecksilbern durch die schneebedeckten Auen schlängelte. Auch der Fluss war weiß gescheckt: Treibeis!

Auf der anderen Seite setzte sich die Stadt mit ihren roten Dächern noch eine halbe Meile fort. Dann wurden die Dächer weniger, und der Hang stieg allmählich wieder an, um sich im Grün und Braun der Wälder zu verlieren. «Das ist wunderhübsch!», sagte Martin und seufzte.

Marie stand auf der gegenüberliegenden Seite. «Schau, dort unten ist der Striezelmarkt.»

Martin rannte zu ihr hinüber. Tatsächlich, von hier hatten sie, über ein paar niedrige Häuserzeilen hinweg, einen guten Blick auf die Buden und Schindeldächer des Marktes. Und fast greifbar nah erschien ihm eine weitere Kirche, ein anderer Turm. Von dort grüßte ein Herrnhuter Stern herüber.

«Die Kreuzkirche», erklärte Marie.

Zwei so riesige Kirchen so dicht beieinander, dachte Martin, das gibt es nur in der Stadt! Aber dann leuchtete ihm ein, dass man hier, wo die Häuser fünfmal so hoch aufragten wie bei ihm im Dorf, wo zehnmal so viele Menschen wohnten oder mehr, natürlich nicht mit einer einzigen Kirche auskam.

Martin genoss die Höhe und das Kribbeln im Bauch, als er den Kopf über die Brüstung lehnte und steil nach unten sah. Es dämmerte bereits, und unten, in den engen Häuserschluchten, war kaum noch ein Licht zu sehen.

Im Schattendunkel zu seinen Füßen meinte Martin plötzlich etwas zu erkennen: einen Lastenschlitten. Er sah dem seinen erstaunlich ähnlich. Martin kniff die Augen zusammen. Zum Teufel, der Schlitten kam ihm wirklich sehr bekannt vor! Spankisten waren mit Gurten und Schnüren darauf festgezurrt. Wie auf dem seinen. War es möglich, dass es zwei davon gab? Er sah genauer hin und entdeckte schwarzes Wuschelhaar, das den Schlitten zog, und daneben ging, das war sogar im Dämmerlicht der Gasse gut zu erkennen, ein Mann ohne Mütze, aber mit kahlem Kopf. Die Glatze war wie ein Spiegel im Dunkel der Gasse.

«Diese Halunken!», rief Martin empört aus.

«Wer?», fragte Marie.

«Diese Gauner, diese Schufte!»

«Was denn? Wer denn?»

Martin verzichtete auf Erklärungen und eilte hinunter. Marie hastete hinterher.

«Was ist denn?», rief sie erneut und sprang halsbrecherisch über zwei Stufen.

«Sie haben meinen Schlitten!», rief Martin nur zurück und Marie wurde blass.

Am Fuß der Kirche angelangt, hielt Martin nach dem Bettler Ausschau. Er war verschwunden. Also rannte Martin in die Richtung, in die die Gauner abgezogen waren. Der Himmel oben war noch hell und blau vom Widerschein der letzten Sonnenstrahlen, doch hier unten in den Gassen war es stockduster. Ein Wind kam auf, und Martin fühlte sich wie ein leeres, hohles Fass. Es schien einfach durch ihn hindurchzupfeifen. Eine furchtbare Taubheit machte sich in seinem Inneren breit. Das einzige Gefühl, das ihn noch erreichte, war Kälte. Er wusste einfach nicht mehr, wohin er sich wenden sollte in dieser riesigen Stadt.

Da flog Marie an ihm vorüber. «Hier entlang!», rief sie im Vorbeilaufen. Martin fragte nicht, woher sie das wusste, er folgte ihr einfach. An der Einmündung zur nächstgrößeren Straße hielt sie inne. Konzentriert musterte sie den Boden, als suche sie etwas im Schnee. «Hier wird es schwieriger ...», murmelte sie vor sich hin.

Martin kniff die Augenlider zusammen, doch in dem tiefen Matsch konnte er nicht viel erkennen. Nur Dutzende Fußspuren, manchmal waren es auch Hufe – und Kufen! Das musste es sein, wonach Marie schaute: Die Kufen seines Schlittens hatten eine perfekte Spur hinterlassen! Seine Miene hellte sich auf. Erleichtert lächelte er Marie an. Deren Stupsnase stach kess in die Höhe. Sie war ihnen einfach über – das Mädchen den Gaunern. «Komm mit! Rasch!»

Die Augen konzentriert auf die Spuren im Schnee gerichtet, liefen sie so schnell es ging. Das letzte Licht der Abenddämmerung reichte gerade noch aus. Schon waren die Lampenputzer ausgeschwärmt, die Gasflammen zur Nacht hochzudrehen. An großen Wegkreuzungen wie dem Platz der Postkutschen war es unendlich schwierig, eine einzelne Spur im Geäst der Spuren zu verfolgen. Doch waren die Gauner nicht auf die Idee gekommen, sich im Strom der Masse zu bewegen. Stattdessen hatten sie den Hauptweg stets sauber im rechten Winkel gekreuzt, sodass sich die Kufen von Martins Schlitten deutlich von den anderen Spuren abhoben.

So folgten die Kinder der doppelten Schlittenspur durch das Labyrinth der Stadt. Sie gelangten auf den Striezelmarkt und folgten ihr weiter zwischen den Buden hindurch, die freilich schon geschlossen waren. Die Gassen des Marktes waren jetzt menschenleer und dunkel. Die Beleuchtung war mit dem Schließen der Buden erloschen.

Als die Kinder sich der hintersten, dunkelsten Ecke näherten und im Halbdunkel der Gasse schon eine Gruppe von Männern beisammenstehen sahen, flüsterte Marie: «Verwickle sie in ein Gespräch, und halte sie fest, so lange es geht! Ich versuche den Grandmarchand aufzutreiben. Hoffentlich ist er noch in der Nähe.»

Martin tastete nach dem Messer in seinem Hosenbund. Als er es fand, war er seltsam erleichtert. Mit festem Griff umfasste er den Schaft.

Nachdem er ausreichend Mut gesammelt hatte, trat er aus der Deckung und ging mit festen Schritten auf den Pulk zu. Die Männer waren ins Gespräch versunken. Als Martin sich näherte, verstummten sie sofort. Finstere Blicke trafen ihn. Seine Knie begannen zu zittern. Martin umklammerte den Griff des Schnitzmessers, als sei er der einzige feste Punkt in dieser Welt.

Und dann nahm er sich ein Herz und steuerte geradewegs auf die Männer zu, weil er sich dachte, es sei allemal besser Mut zu haben als Angst.

«Wer da?», rief einer. Martin erkannte Bäumlichs Stimme. Nun erblickte er auch den Schlitten. Seinen Schlitten! Er stand bereits an der Seite des Händlers.

«Ich suche etwas, das mir gehört», sagte Martin laut und mit fester Stimme.

Die Männer wandten sich ihm nun vollends zu. Der Bärtige hob die Fäuste, als er ihn erkannte.

«Was redest du da, Junge?», sagte Bäumlich. «Du bist noch ein Kind, was soll dir schon gehören?»

«Das Spielzeug, das meine Familie übers Jahr gefertigt hat! Sie wollten es nicht haben, Herr Bäumlich – oder irre ich mich?»

«Du irrst dich, Junge. Dein Spielzeug ist hier nicht.» Martin gewahrte ein Beben in Bäumlichs Stimme. Das tat seinem Mut gut.

«Ach. Und mein Schlitten wohl auch nicht?»

Bäumlich sah abschätzig auf den Lastenschlitten zu seinen Füßen. «Gehört der dir? Sehen doch alle gleich aus!»

«Junge, nun misch dich nicht in anderer Leute Angelegenheiten. Zieh Leine, willst du wohl?», zischte der Kahle da in die Runde. Martin fasste den Griff seines Messers noch fester. Bäumlich wandte sich ab.

Für die beiden Schurken schien es das Zeichen zum Angriff zu sein. Schritt für Schritt gingen sie auf Martin zu. Ihre Augen, zuvor noch voller Spott, blitzten nun angriffslustig.

Martin schnürte es die Kehle zu. Wenn er stehen blieb, hätten sie ihn gleich erreicht, wenn er fortlief, holten sie ihn bald ein. Es gab keinen Ausweg, keine Rückkehr mehr für ihn.

Hast du etwa Spielzeug auf einem Schlitten gesehen?», fragte der Kahle den Bärtigen, während er noch einen letzten Schritt auf Martin zu machte.

«Nein», antwortete der Bärtige vor Hohn triefend, «und den Besitzer habe ich auch nicht gesehen. Gab es denn einen?»

«Es soll ein Junge gewesen sein. Von außerhalb. Niemand weiß, woher. Niemand kennt ihn. Niemand wird sich an ihn erinnern ...»

«... und niemand wird ihn vermissen», ergänzte der Bärtige da und zog etwas aus seiner Jackentasche. Es war eine Klinge.

Martin erschrak. Nun gut, dachte er im nächsten Moment seltsam kalt und unbewegt, Messer gegen Messer, Schneide gegen Schneide. Er würde sich wehren. Seine Faust hielt das Schnitzmesser umklammert, aber immer noch im Verborgenen. Vielleicht konnte er den Überraschungseffekt ausnutzen. Die Klinge war nicht lang genug, um ernsthaft etwas auszurichten, aber seine Gegenwehr vielleicht verblüffend genug, um die Angreifer in die Flucht zu schlagen. Fast waren sie bei ihm, und Martin wich unwillkürlich zurück. Noch einen Schritt, dann würde er das Messer ziehen und sich auf sie stürzen ...

«Heda!», rief es in diesem Augenblick, und der Grandmarchand trat aus der Gasse. Mit Dreispitz und Federbusch wirkte er so, als überrage er die Gauner um Längen. Martin wäre am liebsten vor Erleichterung in den Schnee gesunken. Doch er hielt sich aufrecht. Die Gauner sahen sich an.

«Was geht hier vor sich?», fragte der Grandmarchand mit der Autorität seines Amtes.

Die Männer schwiegen betreten.

Marie trat hinter dem Marktaufseher hervor. «Diese beiden», sie zeigte auf den Kahlen und den Bärtigen, «haben Martins Spielzeug gestohlen. Und seinen Schlitten auch!»

Alle, sogar Martin, folgten Maries Bewegungen, als wisse niemand so genau, worum es ging. Dem Grandmarchand, der die beiden Markthalunken wohl kannte, war die Situation sichtlich unangenehm. Denn den Bäumlich, der sich mitsamt Schlitten im Hintergrund hielt, den kannte er natürlich auch. Das war kein Halunke, sondern ein angesehener Händler. Was also hatte er mit diesem Gesindel zu schaffen? Eine unangenehme Situation, fürwahr!

Ohne einen Anschein von Angst fuhr Marie fort: «Sicherlich wollten sie es dem Herrn Bäumlich verkaufen. Heute Morgen noch hatte er abgelehnt. Da hieß es, er habe genug Spielzeug für dieses Jahr.»

Verlegen trat der Grandmarchand von einem Fuß auf den anderen. «Kinder, wisst ihr, was ihr da behauptet?» Er warf Bäumlich einen Seitenblick zu.

«Wir sind keine Kinder», betonte Marie. «Wir sind alt genug, Recht von Unrecht zu unterscheiden.»

Bäumlich begriff, dass der Aufseher zögerte, ihn zu beschuldigen. Also warf sich der Händler in Harnisch. «Ich weiß nicht, was das Mädchen da redet. Diese beiden Kerle», er nickte dem Kahlen und dem Bärtigen zu, «haben mir geholfen, Spielzeug zu meiner Bude zu schaffen.»

Der Bärtige und der Kahle beeilten sich zuzustimmen.

«Woher sie den Schlitten haben, weiß ich nicht», fügte Bäumlich rasch hinzu. «Es geht mich auch nichts an.»

Der Bärtige und der Kahle zogen lange Gesichter.

«Das stimmt nicht!», rief Martin sofort. «Es ist mein Spielzeug, sie haben es mir abgenommen, als wir auf dem Turm der Frauenkirche waren!»

«Das kann ich beschwören», sagte Marie.

Der Grandmarchand zog die Stirn kraus. «Beschwören, nun gut, aber könnt ihr es auch beweisen? Gibt es ein Namenskürzel auf dem Spielzeug – oder auf dem Schlitten? Irgendetwas, das den Eigentümer zweifelsfrei bezeugt?»

Martin musste nicht lange nachdenken. Er senkte den Kopf. «Nein.» Dann hob er ihn wieder. «Wozu auch? Bei uns auf dem Dorf gibt es keine solchen Halunken!»

Der Grandmarchand fühlte sich bemüßigt, wenigstens den Händler in Schutz zu nehmen. «Sieh dich vor, Junge, was du sagst und wen du beschuldigst. Vor dir steht ein ehrbarer Bürger!»

«Von wegen ehrbar!», rief Marie empört. Sie hatte sich in Rage geredet. «Er macht sich gemein mit solchen Verbrechern!»

Bäumlich vergrößerte vorsichtshalber den Abstand zu den beiden Beschuldigten.

Der Grandmarchand hob die Schultern. «Du kannst schimpfen so viel du willst. Wenn ihr eure Behauptung nicht beweisen könnt …»

«Einen Augenblick!», rief Marie da. Langsam zog sie den Elefanten aus der Schürze, den Martin ihr am Morgen geschenkt hatte. «Schaut her! Den hat er mir gegeben, heut' Morgen, aus diesen Kisten. Wenn ihr eine solche Schnitzfigur auf dem Schlitten fändet, wäre das Beweis genug, dass es seine sind?»

Mit angehaltenem Atem blickte Martin in die Runde. Er sah, wie Bäumlichs Lider zuckten und die beiden Gauner beklommen dreinschauten. Er warf Marie einen dankbaren Blick zu.

Auch dem Grandmarchand war die Reaktion der Halunken nicht entgangen. «Wenn es identische Schnitzwaren in den Kisten gibt, würde ich das als einen sicheren Beweis ansehen, dass sie dem Jungen gehören!», sagte er da.

Siegesgewiss übergab Marie ihm den Elefanten.

«Sie können selbst nachsehen. Eine müsste bereits offen sein», ergänzte Martin rasch.

Der Marktaufseher trat an den Schlitten. Schnell fand er die offene Kiste. Der Bärtige und der Kahle begannen schon in Trippelschritten das Weite zu suchen. Doch so einfach entkamen sie dem Grandmarchand nicht. «Ihr bleibt!», polterte der. Schon standen sie wie versteinert.

Ein Grinsen schlich sich auf Martins Gesicht. Bäumlich dagegen zog eine besorgte Miene. Der Grandmarchand griff in die Kiste und zog ein Tier aus den Spänen. Es war eine Ziege. Er betrachtete sie, als sei es die erste Holzziege, die ihm jemals untergekommen war. Als Nächstes zog er eine Kuh heraus. Seine Finger glitten über das Fell. Dann befühlte er die zierlichen Hörner am Kopf. Bäumlich bekam allmählich Oberwasser. «Ist das ein Elefant, dem die Stoßzähne verrutscht sind?», höhnte er.

Auch die Kuh begutachtete der Grandmarchand mit Interesse.

«Das ist eine Kuh», erklärte Martin unnötigerweise. «Aber suchen Sie nur weiter, bestimmt ist noch ein Elefant darin!»

«Was habt ihr nur für eine Unordnung in euren Kisten!», rief der Grandmarchand verärgert und griff erneut hinein. Ein Esel. Allmählich verlor er die Geduld. Ohne hinzusehen, fuhr seine Hand erneut in die Späne. «Wenn nicht bald ein Elefant erscheint ...»

«Da!», rief Marie und deutete auf das Tier in seiner Hand. «Da ist schon einer!»

Die Miene des Grandmarchands wurde freundlicher. Von Marie ließ er sich das Gegenstück aus der Schürze reichen. Die Musterung dauerte nicht lange. Dann nahm er Bäumlich streng in den Blick. «Das Spielzeug in den Kisten gehört den Kindern, ohne jeden Zweifel. Sie haben Glück, dass ich Sie nicht der Hehlerei bezichtige und Ihnen die Marktlizenz entziehe!»

Bäumlich senkte den Kopf. «Es kommt nicht wieder vor. Das Angebot ist riesig, und die Margen sind niedrig, Euer Wohlgeboren», versuchte er sich herauszureden.

«Davon will ich nichts hören!», beschied der Grandmarchand. «Das ist beileibe kein Grund, sich mit Halunken gemeinzumachen!»

Der Bärtige und der Kahle wollten sich erneut davonstehlen. Doch der Grandmarchand trat ihnen in den Weg. «Und was euch betrifft: Ich will euch nicht mehr sehen auf dem Markt. Sonst übergebe ich euch der Gerichtsbarkeit.»

Obwohl es schon beinahe vollkommen dunkel war, sah Martin, wie blass die beiden wurden. Ohne auch nur den Versuch einer Verteidigung zogen sie von dannen.

Bäumlich wollte sich ebenso verziehen. Der Grandmarchand gab ihm aber noch eine Lektion mit auf den Weg: «Ein Mann wie Sie, ein Mann von Ehre, der lässt sich doch nicht mit solchen ein!» Der Grandmarchand wies abschätzig mit dem Kopf in die Richtung, in die die Halunken verschwunden waren.

Bäumlich verzichtete auf eine Antwort und verschwand mit gesenktem Kopf in den Marktgassen. Der Grandmarchand seufzte und wandte sich dann an die jungen Leute. Er beugte sich zu ihnen hinab und legte Martin die Hand auf die Schulter. «Was euer Spielzeug anbelangt: Das ist von seltener Schönheit. Seht zu, dass ihr es an den Mann bringt.»

«Das würden wir ja gerne! Aber wir haben keine Bude. Wir benötigen dringend jemanden, der es für uns verkauft!», erklärte Martin in größter Verzweiflung.

Der Grandmarchand richtete sich auf und zog eine bedauernde Miene. «Ich fürchte, da kann ich euch nicht helfen. Sehr schade. Eure Tiere sind wirklich von außerordentlicher Güte. Niemals habe ich feinere gesehen!»

Martin ergriff die Tiere, die der Grandmarchand aus der Kiste gezogen hatte, und drückte sie ihm in beide Hände. «Hier, nehmen Sie. Wenn es mir schon kein Glück bringt, dann soll es wenigstens Ihren Kindern eine Freude machen.»

Der Grandmarchand überlegte, ob er das Geschenk annehmen konnte. Seine Miene war weich geworden. Dann dankte er, wandte sich rasch ab und verschwand in den Gassen der Marktbuden, gerade so wie Bäumlich zuvor verschwunden war. Niedergeschlagen blieben Martin und Marie zurück. «Nun traue ich mich kaum, nach Hause zurückzukehren, so spät, wie es geworden ist», sagte Marie leise. «Meine Mutter erwartet mich längst. Sie wird wütend sein.»

«Und was haben wir erreicht? Nichts!» Mit matter Geste legte sich Martin das Geschirr über die Schultern, stemmte sich mit seinem ganzen Körper in die Riemen und spürte die Last doppelt und dreifach. Er stieß den Absatz in den Boden und versuchte, festen Tritt auf dem Schnee zu finden, der allmählich überfror. Da löste sich erneut eine Gestalt aus dem Dunkel der Budengassen. Martin erschrak fürchterlich. Dann erkannte er den Grandmarchand. Er kam entschiedenen Schrittes auf sie zu, und als er sie erreicht hatte, erklärte er: «Ich glaube, es gibt doch eine Lösung. Bitte folgt mir!»

In der äußersten Ecke des Marktes, wo die Buden beinahe vom Platz herunterzupurzeln schienen wie vom Rande der Erde, stand ein Bretterverschlag von halber Größe. Die Schindeln waren löchrig, die Tür hing schief in den Angeln. Der Marktaufseher wies mit dem Kopf auf die vernachlässigte Behausung. «Der Pächter zahlt seine Pacht und kommt dann doch nicht, Jahr für Jahr. So wird die Bude auf- und wieder abgebaut, nur um leer zu stehen. Hierhin verirrt sich ohnehin kaum jemand. Wenn ihr wollt ...», setzte der Grandmarchand an, aber da waren sich Marie und Martin schon um den Hals gefallen. Ein Lächeln schlich sich auf das Gesicht des Aufsehers, während er an einem riesigen Bund nach dem richtigen Schlüssel suchte.

«Martin Moscherosch, Striezelmarkthändler», sagte Martin feierlich. «Wenn ich das daheim erzähle!»

Die Tür schwang auf, und Martin schlüpfte als Erster hinein. Es roch, als habe sich die Luft seit Jahren nicht bewegt. Martin strich mit der Hand über den Stoff, der über die Bretter für die Auslagen gespannt war. Er war grob und löchrig. Seine Euphorie legte sich ein wenig. Der Grandmarchand spürte es. «Das ist alles, was ich euch anbieten kann. Tut mir leid.»

Martin versuchte, sich die Enttäuschung nicht anmerken zu lassen. In der Ecke lag ein Haufen alter Leinensäcke. Mit spitzen Fingern hob er einen auf. «Tja», sagte er und klatschte in die klammen Hände, «dann werde ich mal auspacken.»

«Der Markt öffnet beim ersten Schlag der Kreuzkirche, sechs Uhr morgens.»

«Ist recht», sagte Martin.

«Dann ist es noch dunkel, ihr müsst für Licht sorgen.»

«Wird sich finden», sagte Marie.

«Wir schließen um sechs Uhr abends, mit dem letzten Schlag vom Kirchturm. Und die Pacht», hob der Grandmarchand an und Martin warf Marie einen ängstlichen Blick zu, «ist ja schon bezahlt.»

Die Kinder atmeten auf.

«Ich hoffe sehr», sagte der Grandmarchand, «ihr schlagt das eine oder andere Stück los. Die Qualität ist ausgezeichnet, die Machart originell. Wer einen Blick dafür hat, wird es mögen.»

Martin klatschte erneut in die Hände. «Ich werde gleich mit dem Auspacken beginnen. Vielen Dank!»

«Dann sehen wir uns morgen.» Der Grandmarchand hatte es plötzlich eilig, sich zu verabschieden.

«Vielen Dank», rief Martin ihm noch einmal hinterher. Und dann leise: «Sie haben uns das Leben gerettet!»

Sobald sie allein waren, begann Martin, die alten, löchrigen Säcke auf dem Boden auszubreiten. Der Boden, das war nichts anderes als das Pflaster des Altmarkts.

«Was tust du?», fragte Marie.

«Ich bereite mein Nachtlager», antwortete Martin.

«Du willst hier schlafen?»

«Wo sonst?»

«Du wirst dir den Tod holen.» Marie scharrte verlegen mit der Fußspitze.

«O nein», verkündete Martin emphatisch, «der Herrgott hat bis hierhin die Hand über mich gehalten. Er wird mich auch weiterhin beschützen.»

«Hat der Herrgott auch einen Ofen für dich? Die Nächte hier sind kalt. Und am kältesten sind sie auf dem Pflaster des Altmarkts.»

Mit einem mulmigen Gefühl besah sich Martin die löchrigen Lagen Säcke, die ihn vom Steinboden trennen würden. Schon begann der Frost, die glänzende Schicht Feuchtigkeit auf dem Boden in Eiskristalle zu verwandeln. Der hustende Vater tauchte vor seinem inneren Auge auf. Marie hatte wohl recht, musste er sich eingestehen. «Was schlägst du vor?»

Marie hatte den Schal vors Gesicht gezogen. Dort, wo ihr Mund war, quollen beim Reden Atemwölkchen durch die Wolle. Die Feuchtigkeit, die an den Fasern hängen blieb, gefror augenblicklich. Sie überlegte angestrengt.

«Du kommst mit mir!», sagte sie schließlich. Es war dunkel in der Bude, und der Schal bedeckte die Hälfte ihres Gesichts. Dennoch hatte Martin den Eindruck, Marie sei bei diesem Vorschlag rot geworden. Auch Martin errötete.

«Ich lasse doch nicht zu, dass du erfrierst!», rief Marie. «Was meine Mutter dazu sagen wird, weiß ich zwar noch nicht, aber sie wird ohnehin nicht gut auf mich zu sprechen sein …»

«Das sind ja herrliche Aussichten!», unkte Martin. Und doch, schon hatte er damit begonnen, die Kisten wieder auf den Schlitten zu stapeln.

«Was tust du?»

«Ich nehme sie mit. Hier bleiben sie jedenfalls nicht. Nicht über Nacht!»

«Aber dann brauchen wir ewig bis zu mir!»

«Wenn du mir hilfst, geht es schneller.»

Bald waren die Kisten wieder verladen, und Martin hatte sich wie ein Rentier erneut vor den Schlitten gespannt. Der Frost hatte den Schneematsch mancherorts mit einer Eiskruste überzogen. Sie zerbrach wie Zuckerguss, wenn man darauf trat. Es war nicht leicht, Halt zu finden. Doch der Schlitten glitt darüber wie über eine Rutschbahn. Schneller als erwartet standen sie vor einem herrschaftlichen Haus. Sechs Stockwerke ragte es vor ihnen auf, und die Fenstereinfassungen waren mit Stuckaturen verziert. Martin staunte nicht schlecht.

«Hier wohnst du?»

«Hier residiert der Graf Reitzenstein mit seiner Familie.»

«Was bedeutet ‹residiert›?»

Marie verdrehte die Augen. «Ach. Das ist nur ein vornehmes Wort für ‹wohnen›.»

«Aha», sagte Martin. «Gibt es auch ein vornehmes Wort für ‹darf ich bitte hier übernachten›?»

Marie lachte. «So vornehm sind wir nicht. Meine Mutter ist die Köchin, ich bin das Küchenmädchen.»

Martin nickte, aber er war trotzdem aufgeregt, denn auf dem Lande gab es Grafen nur vom Hörensagen. Einen Revierförster, den gab es, Martin kannte ihn sogar. Aber den hohen Herrn, dem das Land, die Wälder und die Teiche gehörten, den hatte Martin noch nie gesehen. Und worin unterschied sich solch ein Mensch von anderen?

«Muss ich wirklich mit hinein?», fragte Martin, plötzlich weniger mutig. Er hatte nicht unbedingt das Bedürfnis, einem Grafen zu begegnen. Nicht so müde und schmutzig, wie er sich fühlte.

«Papperlapapp!», sagte Marie. «Nun stehst du schon hier, nun kommst du auch mit hinein.»

Marie trat jedoch nicht durch das große, geschmückte Portal an der Vorderseite des Hauses. Sie ging seitlich an der Fassade entlang und dann durch einen Torbogen an der Flanke. Hinter dem Durchgang öffnete sich ein großzügiger Innenhof, und darin fand sich eine zweite Pforte, weniger prächtig als die zur Straßenseite. Marie sprang ein paar Stufen hinauf und trat ohne anzuklopfen ein.

«Was ist das?», fragte Martin.

«Der Dienstboteneingang», gab Marie Auskunft.

Einmal mehr wurde Martin klar, wie wenig er über das Leben in der Stadt wusste. Bei Lichte betrachtet, wusste er fast nichts.

Martin folgte Marie durch ein enges Treppenhaus ins Hochparterre. Plötzlich standen sie in einer geräumigen Küche. Das Erste, was Martin sah, noch vor all den blitzenden Kupferpfannen, die von der Wand hingen, war eine Frau von imposanten Ausmaßen, die mit erhobener Hand vor Marie stand, um ihr eine Ohrschelle zu verpassen.

«Nicht!», schrie Martin.

Die Frau war so verdutzt, dass ihre Hand in der Bewegung innehielt. Dann ließ sie sie sinken. In den überraschten Blick mischte sich Strenge. Dann deutete sie auf Martin. «Ist das der Grund, warum du den lieben langen Tag nicht auftauchst?»

Marie errötete und senkte den Kopf. «Das ist Martin. Ein Junge aus dem Erzgebirge. Er war in großer Not.»

«*Ich* war in großer Not», zeterte die Köchin. Ihr Kopf war vor Zorn rot angelaufen. «Das Abendessen musste vorbereitet werden. Und die Herrschaft hatte Gäste. Ein Glück hat mir das Hausmädchen geholfen – ich sage dir ...»

«Es tut mir leid», murmelte Marie kleinlaut. Und fügte leise hinzu: «Es wird nicht wieder vorkommen.»

«Das will ich dir auch empfehlen, Frollein. Sonst kannst du dir eine andere Anstellung suchen!»

«Anstellung?», flüsterte Martin. «Ich dachte, sie ist deine Mutter?»

«Ist sie auch. Aber ohne sie wäre ich kein Küchenmädchen», flüsterte Marie zurück.

«Was hast du dir bloß für einen Schlauberger ans Bein gebunden?», fragte die wuchtige Frau. «Was fällt dir überhaupt ein, dich mit einem Fremden einzulassen?»

Marie errötete. «Er benötigte Hilfe. Und hast du nicht immer gesagt, dass Helfen eine edle und gottgefällige Tat ist?»

«Im richtigen Moment – ja. Dies war nicht der richtige Moment!»

Martin zog die Mütze auf und wandte sich zum Gehen. «Ich möchte nicht, dass du wegen mir Scherereien bekommst.»

Er konnte selbst kaum glauben, dass er das gesagt hatte. Hinaus in die Kälte? Jetzt? Es war beinahe schon Nacht! Doch er wollte nicht, dass das Mädchen, dem er alles zu verdanken hatte, seinetwegen Ärger bekam. Es reichte doch, dass er bis zum Hals drinsteckte!

Mit steifen Schritten stakste er hinaus, während er Marie auf die Mutter einreden hörte: «Er wird erfrieren! Er weiß doch nicht wohin, als in seine Bretterbude auf dem Markt ...»

«Was geht's dich an?», hörte er die Köchin noch antworten, dann öffnete er die Tür mit der schweren Klinke und trat hinaus ins Freie. Dort, im Innenhof, stand sein Schlitten – alles, was ihm geblieben war. Die Nacht war vollends hereingebrochen, mit einer Kälte, die ins Gesicht stach. Die Atemwölkchen glitzerten im Mondlicht, sonst war alles düster. Es klirrte, als Martin sich in die Zuggeschirre legte, um den Schlitten vom Hof zu ziehen. Mit einem schmirgelnden Geräusch liefen die Kufen an, und beinahe freute er sich, das altvertraute Lied zu hören, das seine Reise begleitet hatte. Wenn nur die Aussichten nicht so mager wären!

Der Torbogen zur Straße, durch den er hinausmusste, gähnte vor ihm wie ein Schlund. Doch Martin hatte an diesem Tag schon zu viele Abenteuer überstanden, um jetzt ängstlich zu sein. Er zögerte nicht einen Moment, setzte Schritt vor Schritt, und als er schon in die Finsternis des Torbogens getreten war, sah er plötzlich einen dünnen Lichtstrahl dicht neben ihm über den Boden laufen. An ihm vorbei und ihm voraus, immer weiter streckte er sich über den Eisboden und wurde immer breiter dabei, bis Martin ganz von ihm umfangen war. Er drehte sich um und sah einen Menschen in der geöffneten Tür stehen. Aus dem Haus strömte warmes Licht. «Komm zurück!», rief Marie. «Du darfst bleiben.»

Zu gern hätte Martin gewusst, wie Marie das Wunder bewerkstelligt hatte, ihre Mutter zu überreden. Doch für Fragen blieb keine Zeit. Kaum war er wieder im Haus, winkte die Mutter den beiden, ihr zu folgen. Und geleitete sie in die Küche. Die war gut und gern zehnmal so groß wie die Rauchküche daheim, wo gerade mal die Mutter Platz hatte und sogar Line sich kleinmachen musste. In großen Töpfen wurde auf offener Flamme Wasser erwärmt. Sand zum Scheuern stand in einem Eimer bereit. Und auf einem großen Spülstein jede Menge Geschirr. «So. Hier könnt ihr euch nützlich machen!», sagte Maries Mutter. Ihre Stimme klang anders als zuvor. Sie hatte ihrem Ärger wohl genug Luft gemacht.

Niemals hatte Martin solche Berge von Geschirr gesehen. «Dieses Haus muss ein Gasthaus sein», vermutete er.

Marie lachte. «Das ist in vornehmen Familien so üblich: Sie haben Gäste oder sind selbst zu Gast, beinahe jeden Tag.»

Martin seufzte. Der Tag war lang gewesen, und seine Glieder waren schwer.

«Schade», sagte Marie da fröhlich, «dass du nicht das Rumpelstilzchen bist.»

Martin musste kichern bei der Vorstellung. «Ich? Warum? Ich hab dir doch meinen Namen schon verraten!»

«Dann könnte ich dir mein erstes Kind versprechen, und du würdest das Geschirr für mich sauber zaubern.»

Martin wurde rot bis hinter die Ohren. «Leider kann ich nicht zaubern.»

Doch als Martin und Marie erst einmal angefangen hatten, schien tatsächlich ein Zauber zu wirken. Sie scherzten und lachten miteinander, und die Arbeit ging so leicht von der Hand, als wäre ihnen ein unsichtbares Rumpelstilzchen zu Hilfe gekommen. Und auch Maries Mutter, die Köchin, setzte sich, als ihr Tagewerk vollbracht war, zu den scherzenden Kindern. Mit einem wohligen Ächzen streckte sie ihre Beine aus und musste am Ende sogar mitlachen.

Als sie alle Töpfe und Pfannen und auch das feine Geschirr wohlbehalten in die Schränke und Schubladen sortiert hatten, fragte die Mutter: «Woher stammst du, Martin?»

«Aus Kleinhainichen», antwortete er und hatte sofort einen Kloß im Hals, als er an zu Hause dachte. Sicherlich machte man sich dort große Sorgen!

«Was du nicht sagst! In Kleinhainichen lebte einst eine Tante von mir. Die alte Grusinka», erzählte Maries Mutter.

«Die Witwe vom Müller?»

«Genau die! Hast du sie gekannt? Eigentlich bist du zu jung dafür.»

Martin nickte. «Ich kenne sie aus Erzählungen. Sie hat eine Menge Verrücktes angestellt.»

«O ja. Das lag daran, dass sie regelmäßig in die Stadt kam. Die Stadt macht verrückt.»

Marie kicherte. «Wirklich?» Sie warf Martin einen Blick zu. «Bin ich schon verrückt?», fragte sie keck.

«Die Allerverrückteste!», bestätigte Martin und Marie knuffte ihn zur Strafe in die Seite. Dann wurde sie nachdenklich. «Ich muss wirklich verrückt sein: Mit einem fremden Jungen mitzugehen, den ich kaum kenne …»

«… und deine Mutter im Stich zu lassen», ergänzte die Mutter tadelnd. Und fügte dann nachdenklich hinzu: «Aber so ist es mit den Mädchen, kaum haben sie den Richtigen gefunden, haben sie nur noch Gedanken für ihn.»

Martin und Marie glühten in derselben Farbe und vermieden es, einander anzusehen. Die Augen der Mutter ruhten auf ihnen, und dabei lächelte sie still vor sich hin. Dann legte sie ihre Hände auf die gewaltigen Schenkel und stemmte sich hoch. «Wer aus Kleinhainichen stammt, der ist bei uns kein Fremder. Bleib so lange du willst.»

Marie und Martin fielen sich in die Arme. Dann, erschrocken über die plötzliche Nähe, nahmen sie wieder Abstand.

«Hast du eine Decke dabei?», fragte Marie schnell.

Martin überlegte, worin sein Gepäck bestand, und ob eine Decke darunter war. Da fiel ihm seine Mission wieder ein. «Der Schlitten!», rief er erschrocken und rannte hinaus, um nach dem Rechten zu sehen. Er hatte ihn unbedacht im Hof zurückgelassen. «Ich bin solch ein Idiot!», schrie er, während er nach draußen rannte. «Wann lerne ich es endlich?»

«Von unsrem Hof ist noch nie etwas gestohlen worden!», versuchte Marie ihn zu beruhigen. Sie war ihm nachgerannt. Martin konnte es erst glauben, als er beim Schlitten angelangt war. Dort stand alles aufgestapelt, gerade so, wie er es verlassen hatte. Martin stieß vor Erleichterung Dampf aus wie ein Teekessel.

Jeder Knochen im Leib tat ihm weh, doch er kam nicht eher zur Ruhe, bis er alles in die Küche getragen hatte. Maries Mutter hatte derweil neugierig in eine der offenen Kisten gegriffen und ein paar Tiere herausgeholt. Sie drehte das Holzspielzeug in den Händen. Martin hatte ein wenig Angst vor ihrem Urteil. «Solch ein Spielzeug habe ich noch nie gesehen», sagte sie schließlich. «Es ist außerordentlich schön gearbeitet, und so lebensecht!»

Martin wurde heiß vor Stolz. Maries Mutter strich über die Elefantendecke mit den Troddeln. «So niedlich!»

«Meine kleine Schwester ist darauf gekommen. Weil sie dachte, Elefanten müssten bei uns frieren.»

«Du hast eine kluge kleine Schwester», sagte die Mutter da, «und du bist ja auch selbst ein kluger und mutiger Junge.»

Marie legte Martin die Hand auf die Schulter, und er fühlte sich sehr erwachsen.

«Wisst ihr was», sagte die Mutter da, «am großen Weihnachtsbaum vor der Freitreppe fehlt noch etwas Schmuck. Wir binden ein paar von den Tieren dort an. Das wird die Kinder freuen.»

«Die Kinder?», fragte Martin.

«Die Kinder des Grafen», erläuterte Marie.

Martin nickte, als sei es das Normalste von der Welt, dass Grafen Kinder haben. Bislang hatte er von solch hochgestellten Leuten immer gedacht, sie seien Engel oder etwas in der Art. Wesen im Dienste des Königs, so wie Engel ja auch nur da sind, um Gott zur Hand zu gehen oder seine Nachrichten zu verkünden.

Martin gab jedenfalls eine Kiste des Spielzeugs her, um den gräflichen Baum zu schmücken. Maries Mutter schnitt Fäden, und gemeinsam hatte man bald drei Dutzend Spielzeugtiere mit Schlaufen versehen, um sie an die Äste des Tannenbaums zu hängen. Mit Vorsicht bettete die Köchin die fertigen Schnitztiere in einen Korb, und als alle vorbereitet waren, legte sie den Finger auf die Lippen. «Jetzt müssen wir leise sein, die Herrschaft schläft bestimmt schon!»

Martin wurde unruhig. Würden sie etwas unternehmen, wovon die Herrschaft nichts wusste? Was, wenn der Graf erwachte und ihn entdeckte – einen fremden jungen Mann in seinem Haus? Würde er ihn nicht gleich mit dem Degen aufspießen oder so etwas?

Marie ergriff seine Hand. «Du musst keine Angst haben!»

Martin dachte: Muss ich nicht, hab ich aber. Beinahe willenlos ließ er sich von Marie, die sich dicht hinter der Mutter hielt, durch das riesige Haus ziehen. Und die Flamme des Öllichts zitterte ihnen voran.

Als sie den Dienstbotenbereich durch eine kleine Tür verließen, schien es Martin, als befänden sie sich in einem anderen Haus: Die Räume waren hier viel höher, der Boden wechselte zwischen Stein und Teppich, ihre Stimmen wurden, obwohl sie flüsterten, weit getragen.

Umso lauter das Scheppern, als Martin gegen einen blechernen Napf trat. «Schhhhht», machte die Mutter. Und Martin fragte Marie verwundert: «Gibt's Tiere im Haus?»

Marie schüttelte den Kopf und lachte. «Tiere? Wo denkst du hin? Nur Grafen und Gräfinnen. Und kleine Grafen und Gräfinnen.»

«Ja, aber – fressen die etwa aus Blechnäpfen?» Martin deutete auf die leeren Gefäße, die in den Ecken herumstanden.

«Ach, das?» Marie prustete so laut, dass ihre Mutter sie ermahnen musste. «Das sind Spucknäpfe», erklärte Marie, als sie sich wieder beruhigt hatte.

«Spucknäpfe?»

«Ja. Sag bloß, du weißt nicht, was das ist?»

Martin bildete sich ein, eine Menge über die Welt zu wissen: woran man sah, dass das Getreide reif war, wie man eine Herde Ziegen mit einem Stock zusammenhielt, wie man Rittersporn zu einem Haarkranz flocht, wie man einen Bach aufstaute und wie man gewässerte Holzstämme aus ihm herausfischt. Das war nicht einfach! Und wie man zwei Bretter fest und ohne Spuren verleimt, wusste er auch. Wie man den

Leim kocht. Wie man einen Ofen anfeuert und den Ruß aus der Esse schabt. Wie man sich in der schwarzen Küche aufhalten konnte, ohne dass die Augen brannten. Wie man einen Holzreifen mit einem Stock so die Straße hinuntertrieb, dass er nicht ins Schlingern geriet. Er kannte ein paar Kartenspiele und noch mehr Geschichten. Er konnte Holz spalten und ein gerades Loch bohren. Drechseln konnte er noch nicht, aber wie man die Umrisse eines Tieres in den Holzreifen grub, auch diese Kunst würde er bald beherrschen. Das war nicht wenig. Doch seitdem er in die Stadt gekommen war, fühlte er sich dumm und unwissend. Es war, als sei all sein Wissen hier so unbrauchbar wie ein Messer ohne Klinge. Als benötige man, um in der Stadt zurechtzukommen, ganz andere Fertigkeiten und Talente.

Marie kam nicht dazu, ihm zu erklären, was ein Spucknapf war. Plötzlich drückte sie seine Hand. Vor Angst, vermutete Martin, denn kaum waren sie um eine Ecke gebogen, stand ein schwarzer Riese vor ihnen. Er war so groß wie drei Stockwerke und hatte hundert gewaltige Arme, mit denen er ohne Probleme beide Kinder fangen würde. Sicherlich hatte er ihnen aufgelauert! Martin tastete nach seinem Messer. Er hatte es in der Küche vergessen!

«Der Weihnachtsbaum», flüsterte Maries Mutter andächtig. Martin fiel ein Stein vom Herzen. Sie hielt einen Moment lang inne, dann stieg sie, mit dem Korb in der Armbeuge, die Freitreppe hinauf und wieder hinunter, um die Spielzeugtiere bald hier, bald dort in die Äste zu hängen. Nicht weit von der Treppenbrüstung entfernt, damit die Kinder des Grafen hinlangen konnten, um sie von den Zweigen zu angeln.

«Die werden sich freuen», rief Marie aus und klatschte in die Hände, dass der Schein des Öllichts wackelte. «Schhhhht!», mahnte die Mutter.

Vorsichtshalber stellte Marie die Lampe auf den Boden und richtete die Blende so aus, dass der Lichtstrahl auf den Baum fiel. Plötzlich erschien oben, am Treppenabsatz, ein zweites Licht.

«Wer da?», fragte eine tiefe Stimme.

Maries Mutter wäre fast von der Stufe gefallen. «Euer Hochgeboren, verzeihen Sie, wenn ich Sie geweckt haben sollte.»

Martin erstarrte vor Ehrfurcht zur Salzsäule. Ein Graf – das war beinahe ein König! Und tatsächlich hatte der Herr, soweit man das im Licht der Lampe erkennen konnte, eine stattliche Statur. Allerdings war er nicht sehr prächtig gekleidet, sondern nur mit einem langen Hemd, das gerade mal seine Knie bedeckte. Darunter lugten ganz ungräflich behaarte Beine in Pantoffeln hervor. Auf dem Kopf trug der hohe Herr eine Schlafmütze, deren Zipfel mit jeder Kopfdrehung des Grafen die Schulter wechselte.

Fast hätte Martin gelacht bei dem Anblick. Doch dann fürchtete er sich vor der Wut des hohen Herrn.

«Haben wir Sie geweckt?», fragte Maries Mutter mit banger Stimme.

«Nein», sagte der Graf, «ich habe noch gearbeitet.»

Gearbeitet!, dachte Martin verwundert. Er hatte angenommen, Grafen müssten nicht arbeiten, sondern waren stets umschwirrt von Menschen, die ihnen die Arbeit abnahmen.

«Und du? Wer bist du, junger Herr?» Der Blick des Grafen hatte ihn gestreift.

Martin war geschmeichelt, dass ein Graf ihn als «junger Herr» titulierte. Doch zugleich war er so überrascht, dass er keine Antwort hatte.

«Ein Bekannter aus dem Erzgebirge», erklärte Maries Mutter da. «Er hat uns Baumschmuck gebracht, ganz neuartige, lebensechte Tiere.

Der junge Graf und die junge Gräfin werden ihre helle Freude daran haben!»

Der Graf trat näher, betrachtete Martin sehr genau und legte ihm dann die Hand auf den Kopf. «Siehst aus wie ein schlauer Bursche! So sag ich Dank für das Spielzeug! Gudrun wird dich entlohnen.»

Martin senkte den Kopf. «Ich will keinen Lohn», sagte er da tapfer. «Ich schenke es Ihnen, hochgräfliche Wohlheit.»

Der Graf musste schmunzeln über den improvisierten Titel. «Mein lieber Junge, warum willst du uns etwas schenken?»

Martin sah ihm jetzt offen und mutig in die Augen. «Weil ich Marie einiges zu verdanken habe.» Dann fügte er leise hinzu: «Eigentlich alles.»

Der Graf sah zwischen Marie und Martin hin und her. «Soso, alles. Das ist eine Menge. Dann danke ich dir doppelt. Hoffentlich wachsen mehr von deiner Sorte heran, dort, wo du herkommst.»

«Wir sind rechtschaffene Leut' im Gebirge», fühlte Martin sich bemüßigt zu versichern. Und fügte dann, aus der Inbrunst seines Herzens, hinzu: «Solche Gauner wie in der Stadt findet man bei uns nicht!»

Der Graf musste lachen. «Ich hoffe, du meinst nicht mich damit.»

Erschrocken schüttelte Martin den Kopf. Dann begriff er, dass der Graf es als Scherz gemeint hatte. Er streckte ihm die Hand entgegen, und Martin ergriff und schüttelte sie. «Ich stehe in deiner Schuld, mein Junge. Das hab ich noch nicht oft erlebt ...»

Als der Graf Martins Hand entließ, schnappte Marie sie sich gleich. «Komm mit, wir richten dir ein Nachtlager in der Küche.»

«Wann kehrst du nach Hause zurück, mein Junge?», rief der Graf ihm hinterher. «Morgen, vielleicht übermorgen!», sagte Martin da.

«Sieh zu, Gudrun, dass du ihm Proviant mit auf den Weg gibst», sagte der Graf da. Und dann beugte er sich zu ihr hinunter, um etwas in ihr Ohr zu flüstern.

Marie brachte Martin Decken und etwas Stroh, damit er sich einen Platz vor dem warmen Ofen herrichte. Er umgab sich mit seinen Kisten wie mit Festungsmauern und richtete sich in deren Mitte wie in einem Heerlager ein. Als Marie sah, wie gemütlich Martin zu liegen kam, holte sie mehr Decken, noch mehr Stroh und richtete sich ein eigenes Lager – in seiner Nähe, doch jenseits der Kistenmauer.

Plötzlich stand ein Elefant auf der Kiste vor Martins Nase. «Ich komme von weit her und bin fremd in der Gegend», hörte er Maries näselnde Stimme. «Mein Name ist Eli Fant. Und wer bist du?»

Martin schmunzelte, streckte die Hand aus und zog ein zweites Tier aus der Kiste. Es war eine Ziege. Er räusperte sich und versuchte eine Ziegenstimme. «Mein Name ist Ziegfried Ziege. Ich komme aus den Bergen, wo der Schnee so hoch liegt, dass man Höhlen hineingraben kann.»

«Wirklich?», fragte Marie mit ihrer echten Stimme. Dann besann sie sich auf ihre Rolle. «Wirklich?», klang Eli Fants näselnde Stimme wie ein Echo hinter der Kiste hervor. «Ich habe noch niemals Schnee gesehen. Immer nur Sand, Sand. Und den Nil. Erzähl mir von deinem Zuhause!»

Martins Gedanken wanderten auf die grünen Höhen des Erzgebirges. Nun vergaß er ebenfalls, die Stimme zu verstellen. «Wir haben auch einen Fluss da oben. Mehrere sogar. Der wildeste ist die Weißeritz. Bei Schneeschmelze muss man achtgeben, dass man nicht hineinfällt. Und noch im Sommer ist sie so kalt, dass es selbst an heißen Tagen

Überwindung kostet, hineinzusteigen. Aber es gibt Mühlteiche, in denen man baden kann. Man muss nur aufpassen, dass man nicht ins Mühlrad gerät. Wenn man auf einen der Hügel klettert, kann man bis auf die andere Seite des Tales schauen, wo die Hänge genauso grün sind. Manchmal sieht man die Bergkuppen in der Reihe dahinter. Wenn ein Wind geht, dann biegt er die Fichten als wären es Grashalme. Und wenn man die Augen schließt», Martin schloss die Augen, «dann kann man sie rauschen hören. Sie erzählen sich Geschichten vom Leben in den Bergen. Denn wenn man in die alten Stollen kriecht, kann man glitzernde Steine herausholen – und Märchen!»

Martin hielt inne und lauschte auf Maries Atemzüge. Sie waren so gleichmäßig, als sei sie eingeschlafen. Doch davon war sie weit entfernt. Martin spürte ihre Neugier, spürte, dass sie seinen Gedanken folgte, als wären es ihre eigenen.

Als Martin einmal schwieg, um in seinen Erinnerungen zu schwelgen, sprach sie mit stockender Elefantenstimme: «Das klingt viel schöner als meine Heimat. So grün und voller Natur.»

«Ja», seufzte Martin, «die rauschenden Wälder wachsen uns direkt ins Herz hinein. Ich kann sie riechen, sogar jetzt.»

«Ich habe noch nie einen Wald gesehen», gestand Marie da. «Den großen Garten ja, und die Heide aus der Ferne. Aber einen ganzen Wald? Es muss phantastisch aussehen!»

«Überall Weihnachtsbäume», kicherte Martin. «So einen, wie ihr bei der großen Treppe stehen habt.»

«Mit Schmuck?»

«Natürlich», sagte Martin. «Wenn nach Weihnachten noch etwas übrig ist, hängen wir alles in den Wald ...»

Da erwischte ihn ein Schlag auf die Brust. «Du machst dich über mich lustig!», beschwerte sich Marie. Wie ein Wirbelwind schoss sie hervor und kniete sich auf ihn, um ihm noch einen Schlag zu verpassen. Sie balgten sich, dann sprang sie flugs wieder hinter die Mauer aus Kisten. So konnte er ihr Gesicht nicht sehen, als sie ihn fragte: «Nimmst du mich mit in die Berge – eines Tages?»

Martin wurde sehr ernst. «Das Leben ist hart da draußen. Beinahe den ganzen Winter bringen wir in ein und derselben Stube zu. Es gibt nicht so viele Zimmer wie hier, in diesen riesigen Häusern, die wie Schlösser sind ...»

«Das ist mir egal», sagte Marie bestimmt. «Ich will den Wald sehen.» Und nach einer Pause fügte sie hinzu: «Und ich will bei dir sein.»

In seinen Ohren klang der Satz nach, wieder und wieder. Als er – endlich – verhallt war, hätte Martin Marie am liebsten gebeten, ihn zu wiederholen. Doch das Schweigen zwischen ihnen dauerte nun schon lange an, und er getraute sich nicht. Stattdessen wanderten seine Gedanken fort, und er dachte an daheim. An den Vater, die Mutter, die Schwester. Wie es ihnen wohl in der Zwischenzeit ergangen war? Ob der Vater wieder gesund war?

Martin hätte das Glück gern empfunden, das es bedeutete, so nah bei Marie zu sein – mit der Aussicht, am nächsten Tag ein echter Striezelmarkthändler zu werden. Er! Der fast fünfzehnjährige Martin aus Kleinhainichen! Aber er konnte nicht glücklich sein, solange er nicht wusste, wie es seiner Familie ergangen war. Sicherlich hofften sie auf seine Ankunft, bangten jede Stunde, jeden Augenblick. Er konnte einfach nicht mit leeren Händen zurückkehren. Und – das nahm er sich jetzt fest vor – er würde nicht mit leeren Händen zurückkehren!

Es war noch sehr früh und dunkel draußen, da konnte Martin nicht mehr schlafen. Das bevorstehende Abenteuer ließ ihn nicht zur Ruhe kommen. Was, wenn der Grandmarchand sich nicht mehr an ihre Abmachung erinnerte? Wenn Bäumlich etwas dagegen hatte, dass es einen weiteren Spielzeughändler auf dem Markt gab? Wenn der eigentliche Pächter der Bude auftauchte und seine Waren ausbreitete? Dann wären seine Träume mit einem Schlag zunichtegemacht.

Als Martin angekleidet war – ohne Licht, nur der Mondschein fiel durchs Fenster –, trat Gudrun in die Küche. Ihre Augen waren zwar noch klein, doch schien sie ausgeruht und munter. «Guten Morgen, der junge Herr! Sie sind wohl ein Frühaufsteher.»

«Heute ja», sagte Martin aufgekratzt. «Wo kann ich mich waschen?»

«Und reinlich sind wir auch!», spottete die Köchin. «Vielleicht liegt es daran, dass du in einem gräflichen Haus übernachtet hast. Adel färbt ab, nicht wahr?»

Martin schüttelte verlegen den Kopf. «Auch daheim wasche ich mich jeden Morgen. Mit Wasser, das so kalt ist, dass oben eine Schicht Eis schwimmt.»

Gudrun lächelte. «Na, das sind Sitten – vorsintflutlich! Nur einen Augenblick Geduld, dann mach ich dir Wasser warm. Du wirst merken, dass das Waschen dann viel angenehmer ist.»

«Kaltes Wasser macht mir nichts aus. Hauptsache, es ist nass.»

Am Ende war Martin doch froh, sich mit warmem Wasser waschen zu können. Und als er es nach dem Waschen auf den Hof geschüttet hatte und zurückkehrte, war Marie ebenfalls erwacht. Sie zog sich das Hemdchen zurecht und schnürte eine Haube auf ihr Haupt. Dabei zog sie eine beleidigte Miene, bis Gudrun sie endlich fragte, was mit ihr los sei.

«Ich gehe mit Martin!», platzte Marie heraus. Ihre Gesichtszüge entspannten sich, als es gesagt war. Martin und Gudrun sahen sich – gleichermaßen überrascht – an.

«Nach Kleinhainichen?», fragte die Mutter entsetzt.

«I wo.» Marie schüttelte den Kopf. «Auf den Markt. Ohne mich kommst du doch nicht klar», zwinkerte sie ihm zu.

«Danke», sagte Martin. Wie die Hitze nach einem Sommergewitter war die Hälfte seiner Sorgen fortgeblasen.

Gudrun seufzte vernehmbar. «Es ist zwei Tage vor dem Heiligen Abend! Gänse müssen gerupft, Kartoffeln geschält und gekocht werden ...»

«Ich komme zurück, sobald alles Spielzeug verkauft ist.»

«Und wann wird das sein?»

«Der Striezelmarkt schließt um sechs Uhr am Abend, nicht wahr?», fragte Martin vorsichtig.

Marie machte eine wegwerfende Handbewegung. «So lange wird es nicht dauern. Deine Tiere sind einmalig!»

Martin wollte die Erwartungen dämpfen, doch Gudrun war derselben Meinung. «Allerdings! Sogar dem Grafen haben sie gefallen!»

«Warten wir's ab. Man soll den Tag nicht vor dem Abend loben.»

«Bis zum Mittag haben wir alles verkauft!», stellte Marie ohne jeden Anflug von Zweifel fest. Martin war sich nicht sicher, ob sie dies wirklich dachte, oder ob sie nur ihre Mutter beruhigen wollte.

Die Tür zur Marktbude stand offen, alles war so, wie sie es am Vortag verlassen hatten. Nur dass der Markt sich bereits stark belebt hatte, als sie ankamen. Die Mehrzahl der Händler war eingetroffen, einige hatten ihre besten Stücke bereits ausgebreitet. Überall leuchteten Wachskerzen und Öllichter, Tannengrün schmückte Auslagen und Buden. Gudrun hatte den beiden eine rote Tischdecke mitgegeben. Damit konnten sie den alten, löchrigen Fetzen ersetzen, der in der Bude lag. Martin und Marie beeilten sich auszupacken. Ganz nebenbei füllte sich die Bude mit dem Geruch der Späne und Farben. Das gab Martin ein gutes Gefühl, denn so roch es daheim in der Stube. Noch verirrte sich kaum jemand in die Gassen zwischen den Buden, doch lange konnte es nicht mehr dauern, bis sie sich belebten.

Bald war die Ware ausgestellt. Marie und Martin saßen auf zwei umgestülpten, morschen Holzkisten, die sie im rückwärtigen Bereich der Bude gefunden hatten. Anfangs plapperten sie noch munter, doch mit der Zeit wurden sie einsilbiger. Die Marktbesucher strömten vorüber, der Andrang war riesig, denn es war der letzte Markttag in diesem Jahr. Nie zuvor hatte Martin so viele Menschen auf einem Flecken gese-

hen, doch die meisten hielten nicht einmal inne. Die Bude lag an einer Flanke des Marktes, an der niemand mehr Auslagen erwartete. Man war schon auf dem Heimweg, und die Gedanken eilten voraus. Wer aber auf dem Weg zum Markt war, der kramte in den Körben nach Geld oder instruierte die Kinder, wie sie sich zu verhalten hatten. Bis zum Mittag hatten sie nur eine Handvoll Spielzeugtiere verkauft. Einzig der Händler Bäumlich verweilte etwas länger vor ihrem Stand, um den Triumph auszukosten. «Ich hab's euch doch gesagt, das Angebot ist zu groß in diesem Jahr!»

Martin und Marie ignorierten die Bemerkung schweigend. Bald wurden sie hungrig, und Martin betrachtete die wenigen Münzen in seiner Hand, die der Handel bislang abgeworfen hatte. «Wollen wir etwas zu essen kaufen?»

Marie schüttelte den Kopf. Sie langte nach ihrem Korb, nahm ein paar Tiere von der Auslage und legte sie vorsichtig hinein.

«Was machst du?», fragte Martin stirnrunzelnd.

«Wenn die Käufer nicht zu uns kommen, gehen wir eben zu ihnen», sagte Marie entschlossen und verließ die Bude.

«Was hast du vor?», rief Martin ihr hinterher.

«Wirste schon sehen», sagte sie und war schon im Gedränge verschwunden. Die Menschenmenge war angewachsen, da es auf den Mittag zuging. Im Pulk schoben sich die Leute an den Auslagen vorbei, und nun blieb mancher Blick auch länger an den Holztieren hängen. Kinder zerrten ihre Eltern an den Stand, und Martin gab ihnen die Tiere in die Hand. Ehrfürchtig strichen sie über das Fell der Ziegen, über die Decken der Elefanten, zupften an den Troddeln. Ein Lächeln schlich sich auf Martins Gesicht, als er sah, wie selbstvergessen die Kinder mit den Holztieren umgingen. Es erinnerte ihn daran, wie sehr sie ihn selbst als Kind fasziniert hatten.

«Martin, Martin!», vernahm er da plötzlich eine Stimme aus dem Gedränge. Dann entdeckte er das rundliche Gesicht. Es war Gudrun. Ihre Stimme war außer Atem, ihre Wangen leuchteten. Da sie sich nur schwerlich durch die Menge wühlen konnte, rief sie ihm über die Köpfe hinweg zu: «Der Graf ist begeistert von deinen Holztieren und noch mehr seine Kinder. Er hat mich geschickt, damit du zwei Kisten für ihn zurückhältst!»

«Aber», konnte Martin noch entgegnen, dann wurde er von den Umstehenden bestürmt. Mit einem Mal wollten alle etwas von ihm. Die Passanten griffen nach den Tieren in der Auslage, als seien sie das Letzte, was man heute noch erwerben konnte. Martin kam kaum nach, neue Tiere an die Stelle der verkauften zu setzen.

«Vergiss nicht die zwei Kisten für den Grafen!», erinnerte ihn Gudrun, die plötzlich neben ihm stand. Sie sah sich um. «Wo ist Marie?»

«Geht auf dem Markt umher, um auf uns aufmerksam zu machen.» Grinsend hielt Martin inne. «Ich glaube, das haben wir jetzt nicht mehr nötig!»

Gudrun hob die Decke von dem Korb, der an ihrem Arm baumelte. Darunter dampfte es verlockend. Die Kälte machte Martin mehr zu schaffen, als er sich eingestehen wollte. Die Sonne schien zwar, doch die offene Seite der Bude war ihr abgewandt. Martins Zähne schlugen vor Kälte aufeinander.

«Ich habe Tee mitgebracht und einen Rest vom Braten, ihr müsst doch hungrig sein!», sagte Gudrun.

«Und wie», bestätigte Martin, während er erneut ein Dutzend Tiere über die Theke schob. Es schien, als habe die Menge nur auf einen Anstoß gewartet. Kiste um Kiste leerte sich. Und sosehr Martin auch in den Spänen wühlte, er fand kaum noch Tiere darin.

Gudrun verabschiedete sich, in der gräflichen Küche erwarteten sie tausenderlei Pflichten. Kurz darauf kehrte Marie zurück. Als sie sah, wie hoch es mittlerweile am Stand herging, machte sie große Augen. Und noch größere, als sie die Festtafel entdeckte. «Woher hast du den Tee und den Braten?»

«Deine Mutter war hier, und – stell dir vor! – der Graf möchte, dass wir ihm zwei Kisten zurückhalten!»

Marie grinste übers ganze Gesicht. «Das wundert mich nicht. Ich lief dem Grandmarchand über den Weg, und der berichtete mir, wie sehr seine Kinder sich über die Holztiere gefreut haben. Und der Wächter der Porzellansammlung hat auch noch zehn gekauft, hast du ihn nicht gesehen?»

Martin schüttelte den Kopf. «Es waren so viele Gesichter. Irgendwann hab ich's aufgegeben, Menschen darin zu erkennen.»

Nachdem sie sich an Braten und Tee gelabt hatten, zählte Martin die Spankisten, die an der rückwärtigen Wand aufgestapelt waren. Die meisten waren bereits leer. Er stellte zwei für den Grafen beiseite und zählte die übrigen.

«Nur noch fünf Kisten!», freute sich Martin. «Wir haben fast alles verkauft!»

Als der Schatten der Bude immer länger wurde und sich fast bis zur anderen Seite der Gasse erstreckte, stand plötzlich der Grandmarchand vor ihnen. «Gratuliere, Kinder! Ihr habt besser verkauft als die meisten Händler. Das war kein gutes Jahr.»

«Jetzt kann ich die Pacht bezahlen!», bot Martin an.

Der Grandmarchand winkte ab. «Sieh zu, dass du den Ertrag nach Hause bringst.»

Martin presste die Lippen zusammen. Sein Gesicht nahm einen entschlossenen Ausdruck an. «Gleich heute Abend werde ich aufbrechen», erklärte er. Er sah nicht, wie sich Maries Miene neben ihm verdüsterte.

Als sie die letzte Kiste mit Holzspielzeug von den Schnüren befreiten und die Tiere aus den Spänen klaubten, war die Sonne beinahe untergegangen. Es dauerte nicht lang, und auch diese waren verkauft. Und als sie die Bude verriegelt hatten, stand der Mond am Himmel. Martin stapelte zwei Dutzend leere Kisten auf den Schlitten. Zwei verschnürte, volle für den Grafen hielt er in den Armen. Eine in jeder Ellenbeuge, so stand er vor Marie. Sie schien ein wenig betrübt. Er war umso fröhlicher. «Tust du mir den Gefallen und nimmst sie mit heim?»

«Willst du wirklich heute noch aufbrechen? Den ganzen weiten Weg durch die Dunkelheit?»

«Ich habe hergefunden, ich werde auch wieder zurückfinden.»

«Du bist bei Tageslicht angekommen.»

«Aber nun kenne ich den Weg.»

Martin wollte ihr die Kisten in die Hände drücken, doch Marie machte keine Anstalten, sie entgegenzunehmen. Stattdessen zog sie ein trauriges Gesicht.

Da traten zwei Gestalten aus dem Zwielicht. Der Kahle und der Bärtige. Der Bärtige ergriff das Wort. «Wahre Reichtümer hast du verdient! Bist du nicht bang?», fragte er maliziös.

«Sicherlich lauern Gauner und Schurken auf dem Weg», säuselte der Kahle.

«Und sicherlich», ergänzte der Bärtige, «bist du ihnen schutzlos ausgeliefert!»

«Sicher nicht», tönte Martin. Der Erfolg des Tages flößte ihm Mut ein. Und außerdem befand sich das Schnitzmesser in seinem Hosenbund. Der Bärtige lachte. «Was will denn schon ein Hänfling, wie du es bist, gegen erwachsene Männer aufbieten?»

«Ich werde kämpfen wie ein Löwe!»

«Warum lässt du dich nicht begleiten?»

«Von euch etwa?»

«Genau. Wir werden dich vor Gaunern beschützen.»

«Weil ihr wahre Menschenfreunde seid!», spottete Marie mit verschränkten Armen.

«Das sind wir», bestätigte der Kahle. «Wir haben euch in unser Herz geschlossen!»

«Was ihr so für das Herz haltet.»

Der Kahle und der Bärtige mussten lachen.

«Sucht euch ein anderes Opfer!», sagte Marie da mit großer Entschlossenheit, «Martin kommt mit mir.»

«Wie bitte?», stutzte Martin.

Marie zwinkerte ihm zu. «Du hast dem Grafen zwei Kisten versprochen.»

Martin schwieg. Umso gesprächiger wurden die beiden Halunken. «Dem ... Grafen?», wiederholte der Kahle. «Was für einem Grafen denn?»

«Dem Grafen Reitzenstein, wenn ihr's genau wissen wollt!»

Die beiden Gauner hatten es plötzlich sehr eilig. «Der befehligt ein königliches Regiment», wussten sie zu berichten. «Sagt doch gleich, dass ihr dessen Schützlinge seid!»

Martin und Marie labten sich an dem Schrecken, mit dem die beiden den Platz verließen. Als sie außer Sichtweite waren, sah Marie Martin auffordernd an: «Also, gehen wir! Du wirst deine Kisten persönlich abliefern!»

Nach kurzem Zögern nickte Martin. «Na gut. Aber ich muss mich beeilen. Ich will noch heim heut.»

Als Martin dem Grandmarchand mitteilte, dass er nichts mehr zu verkaufen habe und die Bude mit tausendfachem Dank zurückgebe, wehrte der Marktaufseher ab. Er freue sich über den Erfolg der beiden und bitte sie, im nächsten Jahr wiederzukommen. Das Spielzeug sei allerliebst, seine Kinder hätten ihre helle Freude daran, und es unterscheide sich wohltuend von manchem Tand, der feilgeboten wurde.

Martin verließ also den Weihnachtsmarkt mit stolzgeschwellter

Brust und fühlte sich fast wie einer der Händler, die seit einer halben Ewigkeit ihre Stände aufbauten. Beinahe hätte er sich zu ihnen gesellt, um einen Humpen auf den Erfolg zu leeren, doch Martin trank keinen Alkohol. Und schließlich beabsichtigte er, so bald wie möglich aufzubrechen. Doch eines Tages, im nächsten Jahr oder im übernächsten, würde er bei ihnen stehen und seine Geschichte erzählen. Auf so denkwürdige Weise war gewiss noch niemand zu einer Striezelmarktbude gekommen.

Erleichtert umarmte Gudrun die Kinder, als sie von ihrem Abenteuer zurückkehrten. Mit erhitzten Gesichtern schilderten sie ihren Erfolg – und wie sie sich am Ende schon wieder gegen die Dreistigkeit der Gauner verteidigen mussten. Doch als Martin verkündete, er werde noch am selben Abend in sein Dorf aufbrechen, winkte Gudrun mit großer Entschiedenheit ab. «Dann kannst du dich wirklich gleich den Räuberbanden in die Arme werfen!»

«Ich habe gelernt, mich zu verteidigen», sagte Martin bestimmt.

«Im Dunkeln? Außerhalb der Stadt? Allein?»

«Natürlich. Mit dem Glück des Tüchtigen.» Dass die Reise ein so gutes Ende genommen hatte, ließ Martin über sich hinauswachsen. Aber Maries Blicke waren andere, zweifelnd und voller Sorge.

«Bitte», sagte sie, «bleibe über die Nacht. Es dämmert bereits, und in der Küche stehen schon die Köstlichkeiten für die Festmahle der nächsten Tage.»

Martin rang mit sich. Er wollte zurück zu seiner Familie, ihnen die frohe Botschaft überbringen, dass sie diesen Winter nicht verhungern mussten. Lieber heute als morgen hätte er ihnen die Last von den Schultern genommen. Auf der anderen Seite: Was, wenn ihm nach getaner Arbeit nun der Ertrag geraubt würde? Dann wäre alles umsonst gewesen. Marie und ihre Mutter hatten recht, es war besser bei Tag zu reisen.

«Gut, ich bleibe!», sagte er also.

Marie fiel ihm um den Hals und drückte ihm einen Kuss auf die Wange. Martin wurde rot und sah zu Boden.

Gudrun beobachtete die beiden mit einem tiefsinnigen Lächeln. Dann, um das aufkommende Schweigen rasch zu beenden, klatschte sie in die Hände und rief: «Bestimmt habt ihr Hunger!»

Mitten in dieser Küche, in der es aus jeder Ecke dampfte und brutzelte und nach Braten duftete, durften sie Platz nehmen. Es war wie ein Tisch im Schlaraffenland, wo einem die gebratenen Tauben in den Mund flogen. Hier war es wortwörtlich so: Von der Decke hingen Würste und büschelweise Kräuter. Überall Beifuß, der in die Bäuche der Bratgänse wandern sollte, aber auch Lavendel, Thymian, Nelken. Dazu Zimt und Vanille, wie in der Weihnachtsbäckerei. Und zwischen den Gewürzen hingen Kupferpfannen, Siebe, Kasserollen in großer Zahl. Die Flammen aus den Herdlöchern spiegelten sich in den rotbraunen Wölbungen.

Er war aus dem Staunen noch nicht herausgekommen, da schob Gudrun den ersten Teller vor Martin hin. Marie saß ihm gegenüber. Doch Martin hatte nur Augen für den Kloß auf seinem Teller, Rotkraut und etwas, das in Honig troff und nach Federvieh aussah. Es roch so verlockend, dass Martin hoffte, seinen Lebtag lang nichts anderes mehr zu essen. Dann schlugen sie sich die Bäuche voll, und für Martin war es wie Weihnachten, auch wenn es einen ganzen Tag zu früh war.

Als sie sich satt gegessen hatten und Martin den Stuhl vom Tisch wegrücken musste, um dem Bauch Raum zu geben, trat der Hausdiener in die Küche. Er zog ein saures Gesicht, nahm Gudrun zur Seite und wisperte ihr etwas zu. Auch das Gesicht der Köchin wurde ernst. Sie strich ihre Hände an der Schürze ab und trat an den Tisch. «Martin, der Graf hat erfahren, dass du dich im Haus befindest.»

Bedeutungsschwangere Blicke ruhten auf ihm.

«Ja. Und?», fragte Martin zögernd.

«Er möchte dich sprechen», sagte der Hausdiener mit finsterer Miene.

Mit einem Mal spürte Martin den Kloß, den er schon in seinem Bauch wähnte, in seinem Hals. «Warum denn?», piepste eine dünne Stimme, die er kaum als die seine erkannte. Er war dankbar, als Marie erklärte: «Ich komme mit.»

Da mischte sich der Hausdiener ein: «Der Graf verlangt nach dem Jungen – und niemandem sonst!»

«Mir egal», verkündete Marie entschlossen, «ich komme mit.»

«Und wenn ich es nicht zulasse?», fragte der Hausdiener.

«Dann gibt es für dich an diesem Weihnachtsfest Kartoffeln mit Kartoffeln!», mischte sich Gudrun ein. Sie sprach zornig und bestimmt, wie am Abend zuvor, als Martin sie kennengelernt hatte.

«Nun gut», lenkte der Hausdiener murrend ein, wandte sich zum Gehen und erwartete, dass man ihm folgte.

Auf dem Weg in den gräflichen Salon flüsterten die Kinder miteinander: «Was glaubst du, was er von mir will?»

«Weiß nicht, vielleicht hat er etwas dagegen, dass du in der Küche übernachtest?»

«Aber was mach ich, wenn er mich rausschmeißt? Nun ist es vollends Nacht geworden! Jetzt noch aufbrechen? Unmöglich!»

Marie legte ihm die Hand auf den Arm. «Keine Sorge, lass mich nur machen!»

Auf dem Treppenabsatz drehte sich der Hausdiener zu ihnen um. Die sauertöpfische Miene hatte er noch immer nicht abgelegt. «Ihr wartet hier!»

Er schlüpfte durch den Spalt einer prachtvollen, doppelflügligen Tür und ließ die Kinder davor zurück. Um seiner Aufregung Herr zu werden, begann Martin, sie in allen Einzelheiten zu betrachten. Beide Türflügel waren identisch verziert, sie wirkten wie Spiegelbilder. Hölzer verschiedener Farben waren so geschickt zurechtgeschnitten und zusammengelegt, dass sie ein Wappenschild ergaben. Unschwer zu erraten: Es war das Wappen der gräflichen Familie. Martin strich über das Holz, es war glatt und glänzend poliert. Eine herrliche Arbeit. Er besah sich das Bild genauer: ein Felsbrocken auf einem Fuhrwerk. Er musste schmunzeln: «Was soll das bedeuten?»

«Wie kannst du jetzt lachen?», empörte sich Marie. «Vielleicht musst du die Nacht da draußen verbringen!» Der Zorn zeichnete eine tiefe, senkrechte Furche zwischen ihre Brauen, und Martin verging das Lachen. Nicht weil er das Bild nicht mehr lustig fand, sondern weil er bemerkt hatte, wie sehr Marie sich um ihn sorgte. Schon spürte er ihr Bedauern darüber, dass sie ihn so angefahren hatte. Die Zornesfalte verschwand. Da öffneten sich die Türflügel, das Wappen wich aus ihrem Blickfeld und wurde ersetzt durch die Miene des Hausdieners. «Ihr sollt eintreten!»

Martin war überwältigt vom Glanz der gräflichen «guten Stube», die allein dreimal so groß war wie ihre ganze erzgebirgische Hütte. An der Stirnseite knisterte ein Kamin, der den Raum in wohlige Wärme tauchte. Über dem Kamin, als Schild auf der Esse, entdeckte Martin erneut das Wappen derer von Reitzenstein, diesmal nicht als Einlege-, sondern als Schmiedearbeit.

Im Raum roch es intensiv nach Wald, und Martin hatte bald herausgefunden, warum: Überall waren geschmückte Tannenzweige verteilt. Und noch etwas entdeckte er sofort: An den Zweigen hingen – an Fäden geknüpft – seine Spielzeugtiere! Die beiden gleichaltrigen Kinder, die um die Füße der Eltern herumquirlten, hielten auch seine Elefanten, Ziegen und Esel in den Händen. In der Nähe befand sich noch ein Kindermädchen, das die Augen nicht von den Zwillingen ließ.

Martin erschrak, als ihn die tiefe Stimme des Grafen ansprach: «Du musst Martin sein.»

Martin war erstarrt und sprachlos. Der Graf sah so ganz anders aus als am Abend zuvor! Statt eines Nachthemdes trug er nun einen Rock mit goldenen Knöpfen und langen Schößen. Und dort, wo die Zipfelmütze die Haare verborgen hatte, glänzte nun vornehmes Schwarz mit wenigen grauen Strähnen.

«Wir sind uns bereits begegnet.» Der Graf zwinkerte ihm zu.

Martin brachte immer noch keinen Ton heraus.

«Mein Name ist Maximilian Friedbert von Reitzenstein.» Der Graf neigte freundlich den Kopf.

«Verbeug dich!», zischte Marie.

Ein wenig linkisch gehorchte Martin.

«Sag etwas», zischte Marie sogleich.

Martin wusste nicht, was.

«Das ist meine Frau, Gräfin Amalie», sagte der Graf und deutete auf eine Dame, wie Martin noch nie zuvor eine gesehen hatte. Ihre Haare waren kunstvoll zu einer Art Vogelnest drapiert. Um das Nest herum baumelten Perlen an einer Kette wie eine Girlande. Der Stoff ihres Kleides schimmerte in hellem, samtenem Grün, und ihre Stola war durchwirkt von goldenen Fäden.

«Ihr hast du zu verdanken», fügte der Graf hinzu, «dass dein Spielzeug an diesem Weihnachtsfest die Sensation der Stadt sein wird.»

«Sag etwas», flüsterte Marie wieder, aber es war die Gräfin, die zuerst die Stimme erhob.

«Es sind ausgesprochen kunstvolle und außergewöhnliche Schnitzarbeiten», sprach sie mit samtener Stimme. «Sie unterscheiden sich von dem, was üblicherweise angeboten wird – in der Qualität, in der Machart. All unsere Gäste werden in diesem Jahr eine Handvoll deiner Tiere als Geschenk erhalten. Ich wollte den Urheber dieser Arbeiten kennenlernen. Und nun wundere ich mich, dass er beinahe noch ein Kind ist.»

«Ich bin kein Kind mehr!», sagte Martin und strich sich übers Kinn, wo weit und breit noch kein Bart zu sehen war. Allenfalls Vorahnungen. «Und das Spielzeug haben wir gemeinsam hergestellt, meine ganze Familie.»

Graf und Gräfin tauschten Blicke. «Und welche Aufgabe fiel dir dabei zu?», fragte die Gräfin schließlich. Martin hätte dieser Stimme ewig lauschen können.

Marie trat gegen sein Schienbein. «Nun sag schon etwas! Oder hast du deine Zunge verschluckt?»

Der Schmerz riss Martin aus seinem Wachtraum, und endlich fand er Worte: «Ich schnitze die Figuren fertig, die mein Vater vom Rundholz spaltet. Meine Mutter und meine Schwester bemalen und verzieren sie.»

«Du kannst», sagte der Sohn des Grafen da und trat näher, «Tiere aus dem Holz schneiden?» Scheu nahm er Martins Hand in seine kleinen Finger und besah sich die Innenseiten. Martin befreite sich sanft, zog kurzerhand sein Schnitzmesser aus dem Hosenbund und griff sich einen Scheit vom Holzstapel neben dem Kamin.

«Welches Tier soll ich schnitzen?», fragte Martin.

Die Zwillinge klatschten in die Hände. «Eine Ente!», rief das Mädchen.

«Vögel sind schwierig. Aber ich weiß schon!», sagte Martin da und setzte das Messer an. «Ich schnitze, und ihr ratet, was es ist.» Martin schnitzte, was das Zeug hielt, Späne rieselten auf den Boden. «Es ist umso schwieriger, je trockener das Holz ist», erklärte er, während er den Scheit bearbeitete.

Unterdessen versuchten die Kinder zu erraten, was es werden würde.

«Ein Huhn!», rief das Mädchen.

«Ein Drache!», rief der Junge.

Martin schüttelte lachend den Kopf.

«Eine Fledermaus», schlug das Kindermädchen vor, das nur wenig älter als die Zwillinge und nun auch vom Ratefieber erfasst war.

Martin runzelte die Stirn und musste wieder lachen. «Wir schnitzen nur schöne Tiere.»

«Ja, ein schönes Tier soll es sein!», rief das Mädchen.

«Schaut her, nun kommt das Wichtigste!»

Martin konzentrierte sich. Das Kaminholz war gut abgelagert und sehr trocken. Schabend und kratzend bewegte er die Klinge über die Oberfläche. Gekonnt führte Martin das Messer, und bald waren ein filigran gebogener Hals und ein länglicher Kopf zu sehen.

«Ein Schwan!», riefen Kinder und Kindermädchen wie aus einem Mund.

Stolz betrachtete Marie Martin von der Seite.

«Wenn ihr weiße Farbe habt, könnt ihr ihn anmalen.»

Schon stürmten die Zwillinge aus dem Raum, um Farben zu holen. Das Kindermädchen eilte hinterdrein. Der Graf nahm den Schwan und betrachtete ihn von allen Seiten. «Ich habe selten jemanden so geschickt Holz bearbeiten sehen. Und das in deinem Alter! Du solltest dich bei einem Dresdner Tischler bewerben, mein Junge!»

Nun war es an Marie, vor Freude in die Hände zu klatschen: «Das wäre ja ...»

Martin warf ihr einen scheuen Blick zu, der Graf und Gräfin nicht entging.

«Wann wirst du nach Hause zurückkehren?», fragte der Graf da unvermittelt.

«Morgen», stammelte Martin, als erstaune ihn die Frage.

«Und wo verbringst du die Nacht?»

«Ich ...», Martin stockte, denn Marie hatte die Augen weit aufgerissen. Er wusste nicht, ob er es der Grafenfamilie gegenüber gestehen durfte. «Ich ... ich weiß nicht ...», wich Martin aus.

«Um diese Zeit können wir dich nicht mehr vor die Tür schicken», sagte die Gräfin energisch, und Martin wäre ihr am liebsten um den Hals gefallen. «Die Magd wird dir ein Zimmer herrichten.»

«Dann kann er uns das Schnitzen beibringen!», riefen die Zwillinge, die mit einem Topf weißer Farbe zurückgekehrt waren.

«Ach, er kann ruhig in der Küche bleiben!», mischte sich Marie ein. «Dort stört er am wenigsten.»

Die Gräfin schnitt ihre Rede ab. «Ein Schnitzkünstler wie du gehört in ein ordentliches Bett. Da kannst du Kraft für deine Rückkehr sammeln!»

Marie zog eine lange Miene.

«Vielen Dank, dass du unser Weihnachtsfest bereichert hast», sagte der Graf. Und wieder nickte er Martin freundlich zu.

Der stand unsicher im Raum.

«Das heißt, dass wir jetzt gehen dürfen», zischte Marie. Ihre Laune hatte sich deutlich verschlechtert.

Die beiden wandten sich zum Gehen. An der Tür fielen Martin erneut die Intarsien auf. Er blieb stehen und fuhr, wie um sich von ihnen zu verabschieden, mit den Fingerspitzen darüber. Die Oberfläche des Holzes fühlte sich zart und warm an – beinahe wie menschliche Haut. «Das ist eine hervorragende Arbeit», murmelte Martin vor sich hin.

Plötzlich fühlte er eine Hand auf seiner Schulter. «Es ist die eines Dresdner Meisters. Wenn du magst, kann ich dich ihm vorstellen. Sicherlich sucht er junge Leute wie dich, die geschickt mit Holz umgehen können.»

«Eure gräfliche Wohlgeborenheit, ich – das wäre ...», brachte Martin hervor, dann erstarb seine Stimme. Er fühlte sich so reich beschenkt wie zu keinem anderen Weihnachtsfest. Dabei hatte es noch nicht einmal begonnen!

Plötzlich hatte Martin die Bedeutung des Wappens erkannt. «Ein reisender Stein», murmelte er vor sich hin.

«Richtig», sagte der Graf und schenkte ihm einen gütigen Blick. «Es gibt eine Sage dazu, zur Entstehung des Namens ...»

«Darf ich sie hören?»

«Martin, wir müssen gehen», drängte Marie.

«Aber warum denn?», fragte der Graf lächelnd. «Das Fest steht vor der Tür. Alles hat Zeit.»

Martin spürte einen festen Druck auf seiner Schulter. Damit geleitete ihn der Graf zurück zum Sofa, auf dem die Gräfin saß. Sie klopfte auf den freien Platz an ihrer Seite.

«Setz dich, mein Junge!»

Marie machte große Augen. «Aber ...»

Martin wusste nicht, wie ihm geschah. Der Stoff ihres grasgrünen Kleides raschelte, als die Gräfin zur Seite rückte, um ihm noch mehr Platz zu machen. Er nahm ihren Duft wahr, seine Sinne waren überwältigt. Schmallippig blieb Marie an der Tür stehen, bis der Graf ihr einen Sitzplatz auf einem gepolsterten Stuhl zuwies. Die Zwillinge ließen sich auf dem Boden nieder, das Kindermädchen ebenso. Dann begann der Hausherr mit seiner dunklen, angenehmen Stimme zu erzählen, unterbrochen nur vom Knacken des Holzes im Kamin.

Ein Recke namens Giselbert von Reitzenstein erbaute einst, vor vielen hundert Jahren, die Stammburg meiner Vorväter. Sie stand im Böhmerland auf einem Felsen, am Gestade eines Flusses. Der Fels war aus gutem, festem Stein, daraus wuchs die halbe Burg. Der Rest wurde aus der Umgebung herbeigeschafft. Über den Bau starb der stolze Giselbert, und sein Sohn Friedbert vollendete ihn. Auf Friedbert folgten weitere Generationen, die glücklich auf der Stammburg lebten, bis es eines Jahres zu einer gewaltigen Flut kam. Es regnete wochenlang, und der Fluss trat über die Ufer. Er stieg so sehr an, dass er nicht nur den Fels, sondern schon die Mauerfundamente der Burg umspülte. Wie durch ein Wunder blieb alles trocken. Doch als das Wasser zurückwich, stellte sich heraus, dass der Fels, auf dem meine Urahnen die Burg erbaut hatten, nicht auf weiterem Fels fußte, sondern in sandigem Grunde lag. Die Flut hatte diesen Felsen derart unterspült, dass er begann, sich zum Wasser zu neigen. Bei der nächsten Flut würde er sich weiter neigen, bei der übernächsten wieder ein Stück, und so fort. Mein Urgroßvater, Willibert von Reitzenstein, wollte nicht zusehen, wie die Burg seiner Väter im Fluss versank, und fasste einen kühnen Entschluss. Er suchte einen Ort, der dem heimischen so ähnlich wie nur irgend möglich war, und fand ihn im Sächsischen, an der Elbe. Dann beauftragte er einen gut beleumundeten Baumeister, die Burg seiner Väter Stein für Stein abzutragen, auf Karren und Kähnen ins Sächsische zu befördern und dort so wiederaufzubauen, wie sie die

Jahrhunderte überdauert hatte. So errichtete er sie Stein für Stein, Fuge für Fuge zum zweiten Male. Mehrmals im Jahr kam der Kurfürst, um das Wunderwerk der Wanderburg zu beschauen, und als es fertig war, belehnte er den kühnen Grafen kurzerhand mit den Ländereien, die die neue Burg umgaben. So kam es, dass die von Reitzensteinischen bis heute sowohl Untertanen des Böhmischen Königs, als auch der Kurfürsten von Sachsen sind. Und als die Burg eben vollendet war, da suchte im nächsten Frühjahr ein verheerendes Hochwasser das Böhmerland heim, und als Willibert zurückkehrte, um nach dem Sitz seiner Väter zu schauen, war der Fels vollends in den Fluss gekippt und hatte ihn zu einem gewaltigen See aufgestaut. Felder und Wälder ringsumher waren vom Wasser verwüstet, und der Fluss hatte bereits begonnen, sich ein neues Bett zu suchen. Da kehrte Willibert zurück in dem festen Bewusstsein, nichts anderes als Gottes Plan vollendet zu haben, der nicht wollte, dass eine so stolze und altehrwürdige Familie mitsamt ihrem Schloss unterging.»

Der Graf schmunzelte, und die Gräfin sah versonnen vor sich hin.

Die Runde schwieg, sogar die Zwillinge waren in Andacht versunken.

«Aber warum wohnen Sie hier in Dresden, wenn Sie ein Schloss an der Elbe haben?», fragte Martin da keck in die Runde. Marie wollte ihn schon zur Räson rufen, doch der Graf lachte.

«Im Sommer, wenn der Dresdner Hof nach Pillnitz umzieht, suchen wir das Schloss unserer Väter auf. Aber für gewöhnlich möchten die Fürsten ihren Hofstaat um sich haben. Stets gibt es tausenderlei Aufgaben zu erledigen. Und Fürsten sind so schrecklich eifersüchtig ...» Der Graf zwinkerte Martin zu. Dann erhob er sich. Die Hände ließ er auf den Köpfen der Zwillinge ruhen. «Nun musst du dich erholen, Martin.

Der morgige Tag wird anstrengend. Du wirst doch zu deiner Familie zurückkehren?»

Martin nickte, obwohl er sich seiner Sache nicht mehr so sicher war.

Als sie durchs Treppenhaus hinunter in die Küche gingen, war Martin plötzlich ganz aufgeregt. Seine Rede schlug Purzelbäume. «Marie, die Geschichte, die der Graf erzählt hat, damit meint er mich!»

Maries Gedanken drehten sich anscheinend um etwas anderes. «Nicht wahr, du fandest sie hübscher als mich?»

Martin wusste nicht, was dies mit der Geschichte des Grafen zu tun haben sollte. «Wie bitte? Wen meinst du?»

«Ach, lass doch», winkte Marie ab.

«Ich will nur sagen, dass es beinahe ein Wunder ist, wie sehr sich unsere Geschichten gleichen.»

«Der Graf und du, ihr sollt euch gleichen? Du bist größenwahnsinnig geworden!»

«Was ist denn nur mit dir?»

«Nun gib schon zu, du hast sie die ganze Zeit angestarrt!»

«Wen denn um Himmels willen?»

«Die Gräfin!»

«Ich saß neben ihr. Wie sollte ich sie nicht ansehen? Tatsächlich habe ich nur der Geschichte gelauscht.»

«Die Augen sind dir fast aus den Höhlen gefallen!»

«Versteh doch, es ist meine Geschichte. Meine und seine zugleich.»

Marie stieß heftig Luft aus. «Der Graf ist ein Graf, und du bist», Marie betrachtete ihn von oben bis unten, «ein dahergelaufener Dorfjunge!»

Erschüttert blieb Martin stehen. Das konnte er nicht auf sich sitzenlassen. «Das war ich, als ich ankam. Wer nun vor dir steht, ist ein angehender Zimmermann!»

Marie blieb stehen. Beinahe feindselig starrte sie ihn an. Da rief von oben die Stimme der Magd: «Junger Herr! Junger Herr!»

Martin machte große Augen. Meinte sie tatsächlich ihn? Als jungen Herrn hatte ihn außer dem Grafen noch niemand tituliert. «Ja?», antwortete er mit dünner Stimme.

Marie sah pikiert zur Seite.

«Das Bett ist gerichtet. Die Gräfin besteht darauf, dass Sie bei der Herrschaft schlafen.»

«Aber ...» Martin suchte Maries Blick, doch die schien nicht mehr gut auf ihn zu sprechen.

«Geh nur», spie Marie die Worte aus. «Erzähl der Gräfin eine Gutenachtgeschichte!»

«Aber Marie, was hast du denn?» Martin konnte sich wirklich nicht erklären, warum sie so aufgebracht war. Ohne ein weiteres Wort rannte sie die Treppe hinunter.

Wenig später lag Martin in einem Bett, wie er sich nie zuvor eines ausgemalt hatte. Wenn man sich hineinfallen ließ, stieß man sich keine blauen Flecken, wie daheim. Man wurde regelrecht zurückgeschleudert, so weich und federnd war es. Ließ er sich in die Decken und Kissen sinken, so war es ein Gefühl, als ruhe er auf Wolken. Zudem roch die Bettwäsche nach Sommerwind. Martin konnte sich nicht erklären, welcher Zauber diesen Duft bis in den Winter bewahrte. Auf jeden Fall dachte er, dass es im Paradies ungefähr so zugehen mochte. Was hatten diese Menschen nicht für ein Glück, solch ein Leben führen zu können! Essen, so viel und sobald man nur wollte, in einem großen Haus mit einem warmen Ofen in jedem Zimmer, und in dem überaus unwahrscheinlichen Fall, dass man einmal ein Problem hatte, brauchte man sich nur an den König zu wenden.

Und als Martin sich wohlig ausstreckte, um mit den Zehenspitzen die ganze Länge des warmen Federbettes auszumessen, da spürte er plötzlich einen Riss in seinem Herzen. Er spürte, dass er plötzlich, ohne viel dazugetan zu haben, zwei Leben hatte: eines in seinem Dorf dort oben im Gebirge, bei seinen Eltern, die niemals ihre ärmliche Hütte verlassen würden. Und eines hier in der Stadt, als ein angesehener Zimmermann und Schnitzkünstler, nicht in einem Palast, aber doch in einem Haus mit einem Ofen für jedes Zimmer und mit einem großen, weichen Bett. Und sobald er sich dieses zweite, neue Leben vorstellte, drängte sich, warum auch immer, Marie in seine Gedanken. Und er erinnerte sich an den vorangegangenen Abend, an das Scherzen mit dem Mädchen, das nun seine Gedanken belagerte, und er sehnte sich zurück an den Platz in der Küche zwischen den Kisten. Und schalt sich gleich darauf einen Dummkopf. Hatte sie ihn nicht durch ihr abweisendes Verhalten deutlich zu verstehen gegeben, dass sie nicht länger befreundet waren? Martin drehte seinen Kopf in die Kissen und beschloss, lang und tief zu schlafen.

Als die Magd kam, um ihn zu wecken, war Martin bereits angekleidet. Die Unruhe hatte ihn aus dem Bett getrieben. In der Nacht hatte es weiter geschneit. Solange der Schnee noch nicht heruntergetrampelt war, würde sich der Schlitten bequem durch die Stadt ziehen lassen. Er wollte gleich aufbrechen, doch die Gräfin bestand darauf, dass er sich noch stärke vor der weiten Reise. Also ging er hinunter in die Küche. Sein Herz pochte in der Aussicht, Marie wiederzusehen.

Die Küche war voller Menschen. An einem einzelnen Platz stand ein Frühstück für ihn bereit. Ringsumher wurde schon gearbeitet, gekocht, Gemüse gewaschen und geschnitten, mehrere Gänse wurden von flinken Händen gerupft.

Martin setzte sich und hielt nach Marie Ausschau. Bald hatte er sie am Spülstein entdeckt, sie schabte Möhren. Mit vollen Backen versuchte Martin, ihren Blick einzufangen. Sie dagegen mied ihn und tat geschäftig. Martin begnügte sich damit, sie zu beobachten. Ihr Gesicht glänzte. Martin wusste nicht, ob von Schweiß oder Tränen. Er brachte nur ein paar Happen herunter. Dann verkündete er: «Ich bin so weit.»

Gudrun, die das Leben kannte, sah von Marie zu Martin und wieder zu Marie. Sie nickte versonnen und seufzte. Dann schlug sie sich vor die Stirn. «Jetzt hätte ich das Wichtigste fast vergessen!»

Die Köchin lief hinaus. Sprachlos und verlegen standen Marie und Martin beieinander.

«Ich möchte mich draußen von dir verabschieden», schlug Martin endlich vor.

Marie warf ihm einen giftigen Blick zu. «Wer sagt dir, dass ich mit hinauskomme?»

Beschämt senkte Martin den Kopf.

Als Gudrun zurückkam, trug sie eine lebendige Gans im Arm. Die flatterte, als ginge es auf den Schlachtblock. Doch Gudrun hatte die Faust sicher um den Hals des Federviehs geschlossen. «Der Graf hat mir aufgetragen, dir eine mitzugeben. Als Geschenk für deine Familie und als Dankeschön …»

Martin stand der Mund offen. «Eine Gans?», fragte er, als er seine Sprache wiedergefunden hatte.

Gudrun nickte und hatte sichtlich ihre Freude am Staunen des Jungen. Dann zwinkerte sie ihm zu. «Du musst kein schlechtes Gewissen haben. Im Hof wartet noch ein Dutzend, hörst du das Schnattern? Die gräfliche Familie erwartet Gäste am Heiligen Abend. Sie müssen allesamt bis morgen geschlachtet und gerupft werden.»

«Eine Gans!», rief Martin aus. Doch als er sie flattern und zappeln sah, zog er ein langes Gesicht. «Bis ich im Dorf bin, ist sie mir sicher entkommen!»

Mit überlegener Miene holte Gudrun einen alten, löchrigen Sack unter der Schürze hervor. Kurzerhand stopfte sie die Gans hinein und band ihn oben mit einem Strick zusammen. Es balgte und rumorte darin, so lange, bis das Federvieh den Kopf durch eines der Löcher gesteckt hatte. Mit offenem Schnabel lugte es in die Gegend und schien sich allmählich zu beruhigen.

Gudrun hielt Martin den Sack hin. «Pass gut darauf auf! Die Viecher sind gewiefter als man denkt!»

Martin hatte ein wenig Angst vor dem offenen Schnabel mit den vielen kleinen Sägezähnen. Doch dann überwand er seine Furcht, griff nach dem Hanfstrick und schwang sich das Federvieh über die Schulter. Marie, die sich nicht allzu weit entfernt gehalten hatte, musste lachen. «Ein blinder Passagier mit Ausguck!»

Martin freute sich, dass sie zu ihrer Fröhlichkeit zurückgefunden hatte. Doch als sich ihre Blicke trafen, wurde sie wieder ernst.

«Tja», sagte Martin mit belegter Stimme, «dann muss ich wohl aufbrechen.» Lange sahen sie sich an. Marie gab sich einen Ruck. «Ich komme mit. Bis zum Tor.»

Gudrun fiel ein Stein vom Herzen. «Pass auf dich auf, Martin!», sagte sie, dann ließ sie die beiden jungen Leute allein. Gemeinsam schlenderten sie zum Hoftor. Nach wenigen Schritten ergriff Martin Maries Hand. Schweigend gingen sie nebeneinanderher. Der Kopf der Gans wippte über Martins Schulter. Marie musste erneut lachen. Damit brach das Eis.

«Ich war ein Dummerchen, gestern», sagte sie mit hochrotem Gesicht.

Martin zuckte mit den Schultern. «Und ich war es vorgestern.»

Sie gingen auf die Tordurchfahrt zu. Immer kleiner wurden ihre Schritte, um den Abschied hinauszuzögern.

«Darf ich dich einmal besuchen in deinem Dorf?», fragte Marie.

Martin nickte freudig.

Nach ein paar schweigenden Trippelschritten fragte sie: «Ist es schön dort?»

«Aber ja», seufzte Martin. «Sehr sogar.»

«Was magst du am liebsten?», fragte Marie.

Martin überlegte. Es war so vieles, das er innig liebte. Das er schmerzvoll vermisste. Doch am meisten vermisste er – den Wald. «Weißt du, wie ein Wald riecht?»

Marie schüttelte den Kopf. Martin blieb stehen und wandte sich ihr zu.

«Frisch gespaltenes Fichtenholz, das kennst du aber.»

Marie nickte. «Ja, das riecht gut.»

Martin winkte ab. «Aber es ist nicht nur das. Es ist das feuchte Moos am Boden, die weiche Erde, die bei jedem Schritt aufbricht wie Brot, das frisch aus dem Ofen kommt. Das modernde Laub im Herbst. Die Blüten im Frühjahr, deren Duft die Kehle kratzig macht. Und die trockene Hitze, der strohige Untergrund im Sommer. Der Wald riecht jeden Tag neu, nach dem Regen anders als unter einer Schneedecke, aber immer wundervoll.»

Marie hatte aufmerksam gelauscht. Mittlerweile waren sie am Tor angelangt. Sie blieben stehen und wandten sich einander zu. Niemand wollte das erste Abschiedswort sprechen.

«Was ist dein Lieblingsgeruch?», fragte Martin da unvermittelt.

Marie musste nicht lange überlegen. «Blaubeersuppe.» Dann lachte sie.

«Was ist komisch daran?», fragte Martin.

«Sie färbt die Lippen. Es sieht aus, als habe man zu lange in der Kälte gestanden.»

Martin starrte auf ihre Lippen und stellte sie sich blau vor. Dann beugte er sich vor und drückte, ohne zu wissen, was er tat, einen Kuss darauf.

Als sie sich wieder voneinander lösten, hielt Marie die Augen geschlossen.

«Deine Lippen schmecken nach Blaubeersuppe», sagte Martin sehr ernst.

Marie schlug die Augen auf und sah ihn an. «Das ist nur, weil ich frieren werde ohne dich.»

Da nahm Martin Marie in den Arm. Er roch ihr Haar unter der gestärkten Haube. Er spürte ihren Herzschlag. Und er wusste, dass er zurückkehren würde und dass Marie zu seinem neuen Leben, seinem Leben als Zimmerer und vielleicht sogar Schnitzkünstler, dazugehören würde.

All dies legte er in seine Worte, als er flüsterte: «Wir werden uns wiedersehen.»

Marie hatte Tränen in den Augen, und sie lächelte. «Wann, Martin?»

«Bald. Das verspreche ich dir.»

Martin zog sich das Schlittengeschirr über die Schultern und machte sich auf den Weg. Marie blieb trotz der Kälte im Tordurchgang stehen. Und als er schon fast außer Sichtweite war, rief sie ihm hinterher: «Und lass dir die Gans nicht gegen einen Goldklumpen tauschen!»

Martin drehte sich nicht mehr um. Er legte sich in die Riemen und konzentrierte sich auf das, was vor ihm lag.

Beschwingt lenkte er seine Schritte zur Stadt hinaus. Eben ging die Sonne auf und ließ den Schnee funkeln. Der Schlitten knisterte mit den leeren Spankisten über die weiße Fläche. Er lief dahin wie Butter. Hin und wieder spürte Martin, wie die Gans an seinem Nacken knabberte, ihn an den Haaren zupfte. Manchmal pendelte ihr Kopf an seiner Wange vorbei oder unter seinen Achseln hindurch. Dann musste Martin laut lachen. Kinder, die den Weg säumten, versuchten nach ihrem Kopf zu schnappen, doch Martin vertrieb sie mit tiefer, klarer Stimme. Hatte sie sich verändert, seitdem er aufgebrochen war? Die Stimme vielleicht nicht, aber doch der Ton, in dem er mit den Kindern sprach.

Bis Dippoldiswalde folgte er einfach dem Strom von Menschen, Wagen und Viehzeug. Dann schlug er sich auf Nebenwegen in die Wälder, und seine Last, die bis dahin kaum zu spüren gewesen war, wurde mit jeder Steigung schwerer. Martin entschloss sich dazu, die Gans vom Buckel zu nehmen und auf den Schlitten zu legen. Weglaufen konnte sie nicht, ihre Füße waren im Sack verstaut und fanden nirgends einen Halt. Tatsächlich schien sich das Tier, kaum hatte Martin es abgelegt, mit der Ausweglosigkeit seiner Lage abzufinden. Es zog den Kopf aus dem Loch und war von außen nicht mehr zu erkennen. Bloß ein braunes, unförmiges Bündel, das hin und wieder ein empörtes Schnattern von sich gab.

Martin hatte die letzte Wegkreuzung hinter sich gebracht, da kam ihm ein Heu-Fuhrwerk entgegen. Den Bauern kannte er wohl, aus dem Nachbardorf, und Martin grüßte brav. Der Bauer erwiderte den Gruß, und als er schon beinahe vorüber war, stemmte er sich hoch auf seinem Kutschbock, drehte sich um und rief ihm hinterher: «Bist du nicht der Martin aus Kleinhainichen?»

Martin blieb stehen, wandte sich um und erwiderte: «Der bin ich. Warum?»

«Mensch, Junge, was denkst du dir dabei, so lange von zu Hause fortzubleiben ohne ein Lebenszeichen!»

Martin blieb die Antwort schuldig und beschleunigte seine Schritte. Nun ahnte er, dass die Eltern nicht nur besorgt waren, sie mussten verzweifelt sein! Martin hob den Blick und erkannte den Bergkamm, erkannte die Fichten, die ihre Schneewipfel ins Blau reckten. Vor ihm lag die letzte Anhöhe. Von dort aus konnte er bequem ins Dorf hinabrauschen. Er wandte seine letzte Kraft auf, um den Schlitten so rasch wie möglich hinaufzuziehen. Oben angelangt, sah er im Tal bereits das Dorf liegen. Die Häuser auf den Hängen verstreut, wie Pilze, die beim Sammeln aus dem Korb gefallen waren. Doch auf den Wegen, die sich durch den Schnee zogen, war niemand zu sehen. Wie ausgestorben schien das Dorf. Nur aus dem einen oder anderen Schornstein wanden sich feine Rauchfäden in den Himmel.

Mit fliegendem Atem streifte Martin das Zuggeschirr ab, setzte sich auf den Schlitten, klemmte den Sack mit der Gans zwischen die Beine, schob rechts, links ein wenig mit den Füßen an und zog, als der Schlitten endlich Fahrt aufnahm, die Beine ganz hinauf. Mit prasselndem Schneewind im Gesicht ging es den Hang hinunter.

Ruckartig kam der Schlitten zum Stehen. Martin schoss nach vorn, kopfüber in eine Schneewehe. Er wälzte sich auf den Rücken. Sein Lachen fuhr in den blauen Himmel hinauf, die Berghänge warfen es als Echo zurück. Plötzlich merkte Martin, dass er allein war. Das Dorf war nur einen Steinwurf entfernt, doch niemand schien ihn zu hören. Er nahm das Schlittengeschirr und zog das Gefährt die kurze Strecke zum Häuschen seiner Familie hinauf. Auf dem Weg noch ließ er den Schlitten stehen und stürmte hinein. Die Wohnstube war verlassen. Alles war wohlgeordnet, das Werkzeug auf der Ofenbank, die Decken gefaltet daneben, die Stühle unter den Tisch geschoben. Martin trat zum Ofen und legte die Hand auf die Kacheln. Er spürte keine wohlige Wärme, hörte nicht das muntere Knistern und Prasseln des Feuers. Zu rufen getraute er sich nicht. Ahnte er doch, dass keine Antwort kommen würde. Martin hätte auch nicht in das obere Stockwerk laufen müssen, um zu wissen, dass niemand dort war. Er tat es dennoch. Flog förmlich die Stiege hinauf und stürmte die Schlafkammer. Auch dort lag alles fein säuberlich beisammen. Das Bettzeug war aufgeschüttelt und gefaltet. Nicht aufgeräumt sah es aus, sondern verlassen.

Plötzlich packte Martin die Angst. Was, wenn der Vater den Sohn für tot gehalten und sich die Schuld daran gegeben hatte? Was, wenn – Martin wagte es kaum zu denken – der Vater aus Gram gestorben war?

Die Panik packte Martin wie ein Raubtier im Nacken und ließ ihn nicht mehr los. Seine Finger tasteten über die Betten, sie waren kalt. Er rannte zum Fenster, sah hinaus, nirgends ein Mensch zu sehen, geschweige denn Vater oder Mutter. Was war geschehen? War das Dorf von all seinen Bewohnern verlassen worden, just an diesem Morgen? Warum nur?

In dem Moment begannen die Glocken des Dorfkirchleins zu läuten. Martin stürzte die Stiege hinunter, rannte auf die Straße, ließ Tür und Tor sperrangelweit offen, und lief, so schnell er nur konnte, die Anhöhe hinauf zum kleinen Kirchlein. Auf dem Weg verlor er Schal und Mütze, rutschte aus, schlug der Länge nach hin, Tränen liefen seine Wangen hinunter. Er war zu spät zurückgekehrt, schrie es immer wieder in sein Hirn, zu spät!

Er sprang die Stufen zum Kirchportal hinauf, die Glocken schlugen immer noch, als wollten sie sich aus dem Gestühl reißen. Und als er auf dem obersten Absatz angekommen war, flogen die Türen auf. Er blickte in erschrockene Augen. Die Ersten, die er erkannte, waren der Schmied und seine Frau. Sie schlugen die Hände über dem Kopf zusammen, die Frau stieß einen Schrei aus. Doch es war kein Schrei des Entsetzens, sondern ein Jubeln: «Ein Wunder!»

Martin fühlte sich gepackt und in die Luft geworfen. Hoch hinaus flog er, der Wintersonne entgegen, höher und höher. Fast schien es, als könne er den Engeln einen Weihnachtsgruß ausrichten, und als er wieder herunterkam und sicher in den kräftigen Armen des Schmieds landete, war schon beinahe das ganze Dorf versammelt und lachte und jubelte. Und dann erblickte Martin den Vater, dem dicke Tränen über die Wangen und in den Bart liefen. Der Schmied setzte ihn zu Boden, und Martin fiel dem Vater in die Arme.

«Mein Junge», seufzte Vater Moscherosch. «Wo warst du nur so lange!»

Und auch die Mutter und Line drängten sich heran, umschlangen ihn von allen Seiten, und alle vier lagen sich in den Armen, während das ganze Dorf um sie herumstand und sich das Wort vom «Weihnachtswunder» zuraunte.

Martin blickte verdutzt umher, als er das hörte. Die Erwachsenen lachten, und Line war die Erste, die ihm atemlos erklärte: «Eben haben wir in der Kirche für deine Rückkehr gebetet, und kaum geht die Tür auf, da stehst du da. Das nenne ich ein Wunder!»

Dann musste Martin erklären, warum sich seine Heimkehr verzögert hatte. Die Dorfbewohner scharten sich um ihn und lauschten seinem Bericht. Lauschten den Nachrichten aus der großen Stadt, die Martin mit stolzgeschwellter Brust verkündete. Natürlich verriet er den Nachbarn nicht alles. Die besten Teile der Geschichte hob er sich für den Abend am Ofen in der Stube auf. Es gab schließlich auch ein paar Dinge, die nicht für alle Ohren bestimmt waren.

Und obwohl die Sonne noch am Himmel stand, spürten die Dorfbewohner bald die Kälte. Einer nach dem anderen schüttelte die verfrorenen Füße aus und begab sich ins Warme, nicht ohne zum Abschied Martin und den Eltern auf die Schulter zu klopfen. Und immer und immer wieder machte das Wort vom Weihnachtswunder die Runde.

Vater und Mutter rangen um den besten Platz an Martins Seite. Line war vorausgelaufen. Vollführte Sprünge und hüpfte durch den Schnee wie über eine Frühlingswiese. Und weil die Freude ihren Lauf beflügelte, war sie bald nicht mehr zu sehen.

Doch ebenso rasch kehrte sie zurück, außer Atem, die Augen schreckgeweitet. Sie rannte auf die Mutter zu und presste ihr Gesicht in deren wollenen Umhang. Die Mutter strich ihr über den Kopf. «Was hast du denn, mein Schatz?»

Line zitterte am ganzen Körper. «Ein Gespenst!», murmelte sie in den Stoff hinein. «Ich habe einen Geist gesehen!»

Der Vater lachte. «Das dachte ich auch, als Martin plötzlich vor uns stand!»

Verstört hob Line ihr Gesicht aus dem Wollstoff. «Nein, nicht Martin. Als ich schon auf dem Weg zum Haus war, kam etwas Furchtbares auf mich zugerannt: ein Sack mit Beinen!»

Vater und Mutter lachten. «Ein Sack mit Beinen? Hat man so etwas schon gehört?»

Martin verstand und lachte ebenfalls. «Du musst dich nicht fürchten, Line! Der Sack mit Beinen ist unser Festtagsschmaus.»

Die Überraschung in den Gesichtern seiner Familie wurde immer größer. Mehrfach setzte Martin zu einer Erklärung an, doch es gelang ihm nicht. Immer und immer wieder musste er loslachen, die ganze Erleichterung, die ganze Freude über seine geglückte Reise brach sich in diesem Lachen Bahn.

Plötzlich streckte Line den Finger aus. «Da ist es! Da ist das Gespenst!», rief sie voller Entsetzen.

Selbst Vater Moscherosch wich zurück, als der Sack auf sie zuwankte. Tatsächlich ragten unten zwei Watschelfüße heraus, und da dies die beiden einzigen Löcher waren, kämpfte die Gans vergeblich darum, ein drittes für den Kopf zu finden. Also stolperte das blinde Federvieh mit krummen Bewegungen durch den Schnee. Kopf und Flügel beulten bald hier, bald dort den Sack aus. Mit raschem Griff löste Martin den Knoten, zog die Gans am Hals heraus und zeigte das flügelschlagende Federvieh in die Runde.

Die Mutter schlug die Hände vor den Mund: «Was für ein fettes Tier! Woher hast du die?»

«Ein Geschenk der gräflichen Familie. Sie waren so begeistert von unseren Elefanten.»

Dass ihr Spielzeug bis in die Hände eines Grafen gelangt sein sollte, war so unglaublich, dass es glatt überhört wurde. Die Mutter hielt sich an die handfesten Dinge und nahm Martin die Gans ab, um ihr Gewicht abzuschätzen. «Was für ein Braten!», sagte sie immer wieder kopfschüttelnd. «Was für ein Braten!»

«Du musst uns alles erzählen, alles!», forderte Line. Und Martin wusste, dass es eine Weile dauern würde, denn die kleine Schwester steckte immer voller Fragen. Hauptfragen, Zwischenfragen, Abseits-, Quer- und Nebenfragen. Und dann noch dringende Nachfragen.

Gleich nachdem sie zu Hause angelangt waren, hatte sich Martin in sein Bett gelegt. Bevor sein Kopf das Kissen berührte, waren ihm schon die Augen zugefallen. Und als er wieder erwachte, roch es nach gebratener Gans.

In der Predigt zur Christmesse erinnerte der Pfarrer daran, wie leicht Mitglieder der Gemeinde aus ihrer Mitte gerissen werden konnten, und dass es ihm eine besondere Freude sei, dass mit Martin ein bereits verlorengeglaubter Sohn zu ihnen zurückgefunden habe. Alle, wirklich alle Dorfbewohner wandten sich ihm dabei freundlich zu. Selbst der alte Böttger, der die Kinder des Dorfes für gewöhnlich mit Ermahnungen und Verboten schurigelte, schenkte ihm einen versöhnlichen Blick. Übers Festgeläut der Glocken hinweg warf man sich gute Wünsche zu, bevor man auf vereisten Wegen heimschlitterte.

Die Mutter war zu Haus geblieben. Sie konnte das Prachtstück von Gans nicht aus den Augen lassen, bis es in ihren Mündern gelandet war. Braun und knusprig war die Kruste, als sie den Braten feierlich aus dem Ofen hob.

Und sobald der erste Heißhunger gestillt war, fing Martin an zu erzählen. Die ganze Geschichte, von seinem Abschied auf der Türschwelle bis zur spektakulären Rückkehr ins Dorf. Mit vollem Mund, mit leerem Mund, ob das Kraut zu heiß oder die Gans schon kalt war, einerlei. Er aß und sprach gleichzeitig. Seinen Eltern und Line fiel dabei die leichtere Aufgabe zu, denn beim Essen zuhören ist ein Klacks. Als Martin dann von Marie zu erzählen und seine Augen zu leuchten begannen, da warfen sich Vater und Mutter wissende Blicke zu, während Line der Mund offen stand. Je länger Martin erzählte, desto unruhiger wurden die Eltern, und als er an den Punkt kam, dass er entschieden habe, in Dresden eine Lehre zu beginnen, dass er am liebsten schon im Frühjahr damit anfangen wolle, da wurden ihre Blicke gläsern, und sie senkten die Köpfe.

Wie Martin geendet hatte und alle satt waren, da suchte sich jeder ein bequemes Plätzchen am Ofen. Doch vorher nahm die Mutter ihren Sohn fest in den Arm, küsste ihn auf den Scheitel, den sie gerade noch erreichen konnte, und sagte: «Es ist gut, dass du gegangen, und gut, dass du zurückgekommen bist. Es wird auch gut sein, wenn du im Frühjahr in die Stadt gehst. Umso schöner wird es sein, wenn du zurückkehrst, wieder und wieder. Du weißt, wo dein Zuhause ist.»

«Es ist das schönste Zuhause, das ich mir denken kann.»

Da fielen sich alle erneut in die Arme und weinten Trauer und Freude hinaus.

«Und immer, wenn du nach Hause kommst, bringst du eine Geistergans mit!», forderte Line.

«Immer!», versprach Martin.

Der Vater hatte den Gedanken noch nicht ganz verwunden. «Wir verlieren einen sehr guten Schnitzer und einen noch besseren Spielzeughändler ...»

«... aber ihr gewinnt einen erstklassigen Tischler!», vervollständigte Martin den Satz.

Und als er abends satt und erschöpft, aber immer noch zu aufgewühlt zum Schlafen in seinem Bett lag und nachdachte, da kam ihm die Idee, dass er nun auch zu einem Reitzenstein geworden war: Sein Stein lag schon auf dem Karren.

Unten in der Stube saßen Vater und Mutter noch lange beisammen und wussten nicht recht, ob sie mehr Freude oder mehr Trauer empfinden sollten. Und schließlich, als der Ofen beinahe heruntergebrannt war, sagte der Vater: «Wir haben eine halbe Portion gehen lassen, und ein ganzer Kerl ist zurückgekehrt.»

Die Mutter nickte mit einem zufriedenen Lächeln. «Fast ein Mann.»

«Ja», bestätigte der Vater und schmunzelte stolz, «fast.»

Martin setzte sich in seinem Bett auf. Da war es wieder, ein Schnauben, wie er es noch nie gehört hatte! Er schwang sich aus dem Bett. Seine Fußsohlen tapsten über den Dielenboden, und er gelangte an die einzige Fensterluke der Dachkammer. Sie war mit einer groben Decke verhangen. Martin schob sie beiseite und sah in Richtung Wald, von wo das Geräusch gekommen war. In der Dunkelheit war kaum etwas auszumachen. Der Mond stand von Wolkenfetzen zerrissen am Himmel. Da war es wieder, das Schnauben. Martin kniff die Augenlider zusammen, doch der Wald war undurchdringlich. Da riss eine Wolke auf, und der volle Mond ergoss sein Licht zwischen die Bäume. Martin glaubte, seinen Augen nicht zu trauen. Zwischen den Bäumen, und halb von ihnen verdeckt, stand ein riesiges Wesen mit Rüssel und weiß glänzenden Stoßzähnen. Genau so eines, wie sie es immer schnitzten, wie er es in Dresden gesehen hatte, kurzum: ein Elefant! Keine fünfzig Schritte von ihm entfernt stand er am Hang zwischen den Fichten, und wenn es nicht so furchtbar kalt gewesen wäre, wäre er hinausgerannt, um ihn zu begrüßen. Und nun, da er genauer hinsah, entdeckte er, dass der Elefant vor einen großen Schlitten gespannt war. Und auf dem Schlitten lag ein Stein. Mehr noch, ein Felsbrocken. Es brauchte wahrlich einen Elefanten, um solch einen Felsen zu bewegen!

Da schob sich eine neue Wolke vor den Mond, und Martin ahnte den Elefanten nur noch. Allein die Stoßzähne vermeinte er durch die Bäume noch schimmern zu sehen. Dann hörte er, wie das Geschirr, in dem der Elefant steckte, klirrte und der Schlitten anzog. Das Schleifgeräusch der Kufen, die über den Schnee scharrten, war ihm vertraut. Er hörte noch ein kräftiges Schnauben, dann war Stille. So angestrengt Martin auch lauschte, da war nichts mehr zu hören. Nachdenklich ließ er die Decke vor die Fensterluke sinken und schlüpfte wieder ins Bett.

NACHWORT DES AUTORS

Das Spielzeugdrechsler- und Schnitzerhandwerk im Erzgebirge existiert seit der Mitte des 18. Jahrhunderts. Oft waren es ehemalige Tischler aus dem Bergbau, die nach dem Niedergang ihres ursprünglichen Gewerbes auf dieses vermeintlich zukunftsträchtigere Handwerk umschwenkten. Im Umkreis von wenigen Dutzend Kilometern entstand eine bedeutende Spielzeugindustrie, die den sächsischen wie den böhmischen Teil des Erzgebirges umfasste. Von Waldkirchen und Eppendorf im Nordwesten erstreckte sie sich bis nach Jirkov/Görkau und Horni Litvinov/Oberleutersdorf im Südosten. Ein bedeutendes Zentrum dieser Industrie war Seiffen. Mit der Baukastenfabrik S. F. Fischer entstand dort die erste industrielle Spielzeugproduktion Europas.

Bis zur Einrichtung großer Manufakturen und der Gründung von Gewerbeschulen lag die Unterweisung und Ausübung des Handwerks vollständig in der Hand der ansässigen Familien. Die Spielzeuge wurden in Heimarbeit hergestellt und durch Handelsagenten aufgekauft.

Eine regionale Besonderheit war das «Reifendrehen», eine spezielle Drechseltechnik, die bis heute angewandt wird. Von einem gedrechselten Fichtenholzreifen werden Tierprofil-Rohlinge abgespalten. Diese kunstvollen, doch noch recht groben Formen werden anschließend von Hand zugeschnitzt und bemalt. Den Antrieb für die Drechselbänke lieferten häufig kleine Wassermühlen, in deren Stauteichen die Fichtenholzstämme abgelagert wurden. Die Stämme lagen im Wasser, denn die Bearbeitung war nur möglich, wenn das Holz eine gewisse Feuchte besaß. Diese simple und doch eindrucksvolle kombinierte Drechsel- und Schnitzarbeit war so effizient, die Erzeugnisse zugleich so kunstvoll, dass die Produkte international konkurrenzfähig waren und noch vor 1800 in alle Welt exportiert wurden.

Nicht jede Familie verfügte über eigene Drechseltechnik. Die Drechsler lieferten die Rohlinge auch an benachbarte Familien, wo sie dann weiterverarbeitet wurden. So waren mitunter ganze Dörfer mit der Spielzeugherstellung befasst.

Nicht nur Tierfiguren wurden gearbeitet, sondern auch Holzkegel, Baukästen, Puppenstubenmöbel, Musikinstrumente für Kinder, Schachfiguren und vieles mehr. Noch heute weltberühmt ist der hölzerne Weihnachtsschmuck, allem voran die erzgebirgische Weihnachtspyramide sowie der Schwibbogen.

In den ersten Jahrzehnten des 19. Jahrhunderts war es, dass der Dresdner Striezelmarkt von einem reinen Fleischmarkt (für den Festtagsbraten) zu einem Markt für Holzspielzeug, Christbaumschmuck und andere Weihnachtsgeschenke wurde. Die Dauer betrug nicht wie heute einen Monat, sondern nur wenige Tage. Heute ist der Striezelmarkt nicht nur einer der ältesten, sondern auch der berühmtesten Weihnachtsmärkte der Welt mit internationalem Publikum. Er erstreckt sich über die gesamte Adventszeit bis zum Tag vor Heiligabend.

Obschon ich mich um historische Korrektheit bemüht habe, ist die Phantasie beim Geschichtenerzählen mitunter stärker als der historische Beleg. Auch kommt es vor, dass die Historizität für die Geschichte und deren Wirkung hinderlich ist. Ich bitte also um Nachsicht, wenn ich an der einen oder anderen Stelle von der Überlieferung abgewichen bin. Der Elefant im Wald allerdings ist mir – so viel kann ich sagen – tatsächlich begegnet.

DER AUTOR

Ralf Günther wurde 1967 in Köln geboren. Als Buch- und Drehbuchautor entwickelte er Kinderserien fürs Fernsehen und schreibt historische Romane. «Der Leibarzt», sein Debüt, wurde ein Bestseller. Es folgten weitere erfolgreiche historische Romane wie «Als Bach nach Dresden kam» und «Goethe in Karlsbad» sowie Weihnachtsgeschichten, darunter «Eine Kiste voller Weihnachten» und «Winterherz». Ralf Günther lebt mit seiner Familie in der Nähe von Dresden.

Foto: © sächsische.de – SZ/Veit Hengst

DIE ILLUSTRATORIN

Andrea Offermann liebt Weihnachten. Während ihres Studiums am Art Center College of Design in Los Angeles hat sie den Schnee, die Weihnachtsmärkte und die Adventszeit sehr vermisst. Umso mehr freut es sie jetzt, wenn sie wunderschöne historische Weihnachtsgeschichten wie diese hier illustrieren darf, seit kurzem von ihrem neuen Zuhause in Potsdam aus, wo sie jetzt mit ihrem Mann und ihren Kindern lebt.

Foto: © Gabriela Brzezon

MIX
Papier | Fördert
gute Waldnutzung
FSC® C083411
FSC
www.fsc.org